TAKE
SHOBO

聖爵猊下の新妻は離婚しません!

藍杜 雫

Illustration
ウエハラ蜂

蜜猫
MitsuNeko

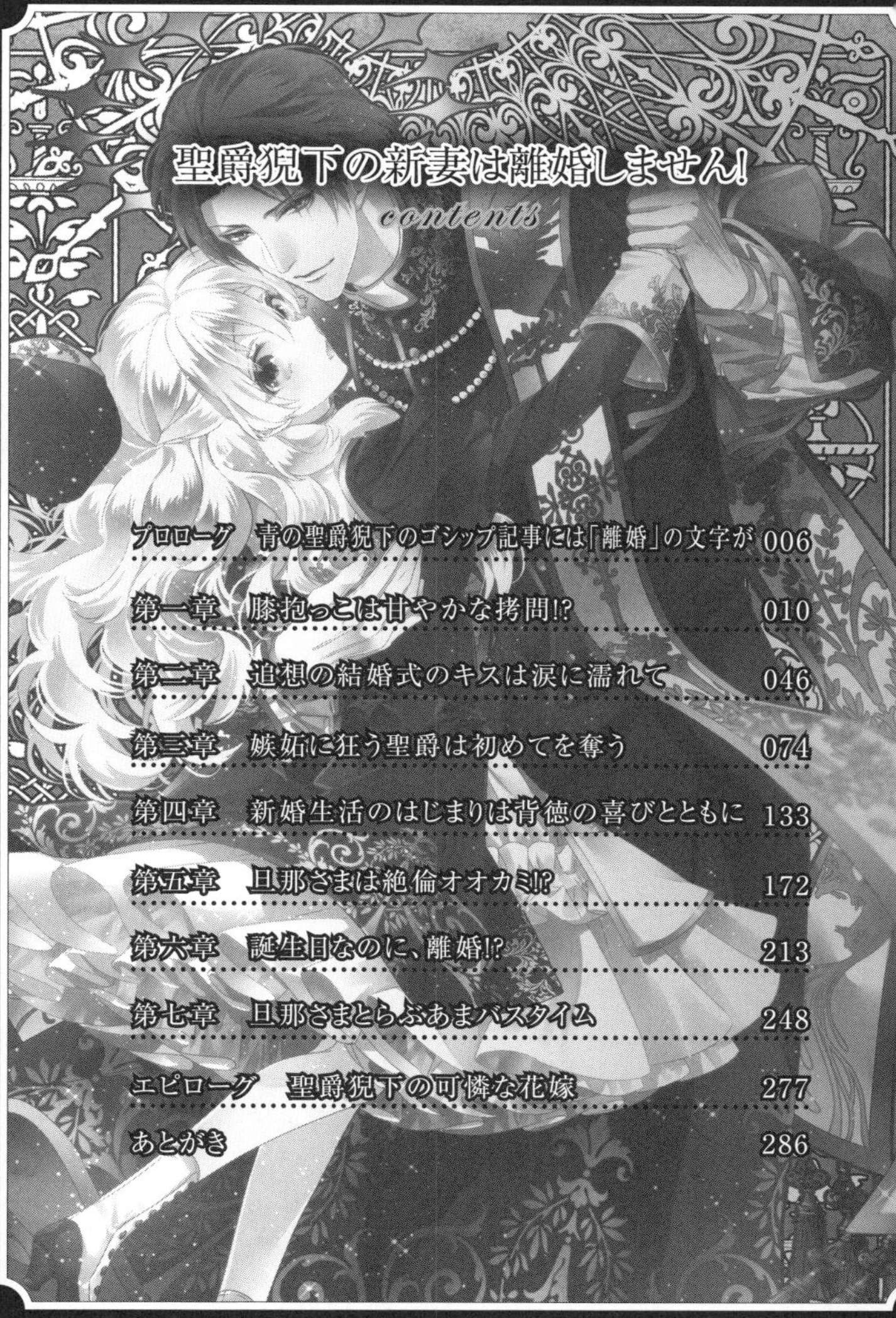

聖爵猊下の新妻は離婚しません!

contents

イラスト／ウエハラ蜂

聖爵猊下の新妻は離婚しません！

Seishaku Geika no
Niidzuma ha
Rikon shimasen!

プロローグ　青の聖爵猊下《せいしやくげいか》のゴシップ記事には「離婚」の文字が

結婚式を見ると、ソフィアはいまでも自分の結婚式を思い出す。

「天は青く高く、地に花が咲き、世界は聖なる祝福に満ちる。聖獣レアンディオニスが翼を広げて降り立ったこの地で、また一組の愛し子《いとご》らが婚姻の誓いをご奏上申しあげます」

響きのいい低い声が、謳《うた》うように結婚の祝詞《のりと》を詠唱する。それに続いて、一組の男女が誓いの言葉を繰り返したところで、

「——では、誓いのキスを」

式を執り行う聖職者が告げ、カラーンカラーンと高らかに鐘の音が響く。

——わたしもカイルお兄さまとこうして、結婚したのだったわ……。

もっと小さな聖殿《せいでん》で、列席者もちゃんとしたドレスもなかったけれど、それでもソフィアはうれしかった。ずっとカイルと結婚したいと言い続けてきた夢が叶《かな》って。

過去を思い出していた夢から醒《さ》めて、いま目の前で繰り広げられる光景に意識を戻すと、厳粛な儀式は終わっていた。

　大聖堂の正面には荘厳なステンドグラスが民家の煙突より高くまで描かれ、青に赤、緑に黄色と七色の光で祭壇を照らしている。その神々しい光を音にしたかのようなパイプオルガンの音楽が天井から響き、聖殿の威光を感じるには十分なほど、美しかった。

　結婚式の列席者の視線が聖殿の外に向かう新郎新婦に集まるなか、ソフィアの目はひとり、その反対側――祭壇の奥に立つ聖職者に向けられていた。

　立て襟の漆黒の長衣にはところどころに豪奢《ごうしゃ》な金糸の刺繍《ししゅう》が施され、金糸と青糸で刺繍を施された肩掛けを纏《まと》っている。金糸を使った肩掛けは身分が高い聖職者の証《あかし》だ。その肩掛けをした背の高い青年は、周りが祝福ではちきれんばかりの笑顔を浮かべているなか、静かな微笑《ほほえ》みを浮かべていた。

　夜を思わせる青い瞳に漆黒の髪。

　青年の整った相貌は聖殿という神域のなかにあって、周りの喧噪《けんそう》とは逆に、静謐《せいひつ》さが漂う。この聖殿を執り仕切る青の聖爵――カイル・イェンス・フェリスその人だ。

「聖爵猊下……今日の詠唱も素敵だったわねぇ」

　結婚式の列席者だろうか。ちらちら振り返りながら、聖殿の奥に目を向ける娘たちがいた。

「あら、声より顔が素敵！　これで猊下が独身なら、言うことはないのだけど」

　――そうでしょう素敵でしょうとも！　なんたって、わたしの旦那さまなんだから！

　心のなかで叫びながら、頬をゆるませた次の瞬間、ソフィアは固まった。

「でも、奥さまとはいまだに白い結婚で、離婚される予定だって聞いたわ」

そんな言葉が続けて聞こえてきたせいだ。

白い結婚とは、結婚してもまだ肉体の関係に至っていない結婚のことだ。

貴族同士は家の結びつきのため、幼い子どもを結婚させることがある。そのため、国では子どもが正式な結婚をしても、十六になるまで性交渉をしてはいけないという法律を作っていた。

この年齢は結婚契約書に書かれて、守らなければ罰金をとられることもある。

ソフィアとカイルの場合、白い結婚はソフィアが十八才になり成人となるまでとされていた。

ソフィアはいま十七才。既婚者でありながら、いまだ処女で、学生の身なのだ。

秋になって十八の誕生日を迎えたら、今度こそ白い結婚を終え、夢に見た本当の新婚生活がやってくるのだと無邪気に信じていたのに。

ある日、ソフィアは自分が暮らしていた寄宿学校の寮で、青の聖爵カイルの記事を新聞で読んでしまった。

「『青の聖爵は近いうちに離婚か』――ってどういうこと⁉」

その文字を見たとたん、頭は真っ白。あと少しでカイルに会えると浮かれていたソフィアは、一転して、絶望に落とされた。

――離婚なんて……わたしはなにも聞いていないわ！

いてもたってもいられなくなったソフィアは、カイルに黙って聖殿に会いに来たのだ。

「……聖爵猊下の離婚って、そういえば新聞に載っていたわね。それで、マレーヌ嬢は猊下を落とそうと必死なのね……猊下もまんざらでもないご様子だけど」

ふたたび聞こえてきた噂話に引きずられるように彼女たちの視線を追いかければ、式の出席者とおぼしき、ドレスを着た令嬢がカイルを追いかけていた。

式が終わり、聖殿の中心である豪華《ごうか》絢爛《けんらん》たる大聖堂から退出しようとするところを、自分の豊かな胸を押しつけるようにして、腕を組んでいる。

「カイルお兄さまってば、なによあれは！」

記事が本当なのかどうか、問い詰めるつもりでいた。けれども、もし真実だとしてもいい。

――わたしは絶対にカイルお兄さまと離婚なんてしないんだから！

ソフィアは手にしていた新聞をぐしゃりと握りつぶすと、ふたりが消えた扉の奥を見つめた。心では勇ましい言葉を呟きながらも、半分は泣きそうな気分だった。

第一章　膝抱っこは甘やかな拷問⁉

セント・カルネアデスは青の聖爵《せいしゃく》が治める直轄領の市都だ。

高い塔を持つ壮麗な聖殿が街のどこからも見られるように作られており、塔とそこから響き渡る鐘の音とが、この地を特別な地にしている。

「なんたってセント・カルネアデスは聖爵さまが治める街だからね！」

それが口癖になるほど、街の人々にとっては、聖爵が治める土地に住むことが誇りなのだ。

聖ロベリア公国にたった七人しかいない聖爵。

その住処《すみか》とあっては、もちろん警備は厳重だし、簡単に忍びこめるはずがない——はずなのだが、その厳重な警備を逆手にとって、ソフィアは堂々と聖殿に付属する城館に足を踏み入れた。カイルの妻としてではなく、侍女として雇われるために。

——この先にカイルお兄さまがいる……。

そう思うとどきどきして、自然と足が速くなる。

思い浮かぶのは、やさしくも厳しい長衣を着た姿だ。

最後に会ったとき、カイルはすでに聖爵の肩掛けを纏っていた。聖職者を目指していたカイルは、もとから華やかな服装をすることは少なかったが、立て襟の長衣を着た姿は、人を寄せつけない禁欲的な雰囲気を漂わせていた。

聖典を読んでいるときのカイルの横顔は、なにものにも侵されない静謐《せいひつ》さがあり、子どもながらもその真剣さを感じとっていたソフィアは、ただ見つめているしかなかった。

もっとも、そんな近寄りがたい雰囲気を持つカイルだからこそ、やさしい声をかけられたときに、より惹《ひ》かれたのだろう。

ほかの人には滅多《めった》に見せない笑顔を、自分だけが独占しているのかと思うと、心臓が壊れそうなほど胸がときめいたものだった。ところが。

「失礼いたします」

軽くノックをして扉を開けたところで、ソフィアは愕然《がくぜん》とした。

聖爵の執務室の正面、磨かれたオーク材のどっしりとした机の向こうで、見慣れた青年がさきほど連れだって去った女性と顔を寄せていたのだ。

カイルの着衣は乱れてはいない。

立て襟はぴっちりと閉じて、昔見た禁欲的な姿のままだ。

変わったところはといえば、服には金糸の豪華な刺繍《ししゅう》が施されていることだろうか。袖口や上着の折り返しは、まるで金の蔦《つた》が複雑に絡んで黒い聖職者の服を飾り立てているようだ。

その豪華さと禁欲さが入り交じった堂々とした姿は素敵なのに、女性の細い首に手が回っているのはいただけない。

女性のしなだれかかる様子は、あきらかにおかしい。ふたりがただならぬ仲だと言われたら、信じてしまいそうだ。

「あ……あぁ……」

——自分という妻がありながら、カイルお兄さまったらなんて破廉恥《はれんち》な！

男女の色事に免疫がないソフィアは、真っ赤になって入り口から動けなかった。

すると、聖爵に用があってきたのだろうか。「ちょっと失礼」と言って入り口を塞ぐソフィアをよけると、するりと少年が入ってきた。

「カイルさま、今度の聖典詠唱《オラトリオ》ですが、ほかの聖教区からも聞きに来たいとの申し入れがたくさん来ているのですが……どういたしましょう。大聖堂に入りきらないかもしれません」

書類を手に、事務的な確認をしているところを見ると、このセント・カルネアデスの聖殿に所属する聖職者のようだ。肩掛けもない長衣を着ているから、階級が低い修士かもしれない。

まだ年若い青年は、聖爵のそばに女性がいることを当然のように受け止めている。

「カイルさまの聖典詠唱は素敵ですもの！　でも、よその市民なんて、受け入れなければいいのですわ」

赤い紅を引いた唇で傲慢に言い切った彼女は、貴族の令嬢が着るようなデイドレス姿だ。こちらは聖職者ではなくて、セント・カルネアデス市民らしい。その立ち居振る舞いから、有力者の娘かなにかだろうとソフィアは察しをつけた。

「よその市民だろうと、信徒には変わりない。礼拝の聖典詠唱は、誰でも聞くことができる。ただし、市民だけの回とそうでない回を設けよう」

カイルも修士の少年も女性の言葉をごく自然に受け流しているということはつまり、この令嬢が聖爵の執務室にいるのは日常の光景なのだ。

そこまで考え至って、ソフィアは眩暈《めまい》がした。

――高潔で禁欲的でいらした、カイルお兄さまはどこに行ってしまわれたの⁉

怒りでぶるぶると震えだして、いますぐにでも説教をはじめたい。

しかし、そんなことをしてもなんにもならない。

――わたしは、お兄さまの妻で、離婚なんかしないんだから!

本当にカイルがいま目の前にいる女性と恋仲なのかどうか、まずは確かめなければ。

「あ、あの……青の聖爵猊下《げいか》にご挨拶申しあげます。本日から身の回りのお世話をさせていただくことになりました、フェリシア・ゴードンと申します。どうぞよろしくお願いいたします」

偽名を名乗り、体を沈めてお辞儀をする。

学院で上流貴族の振る舞いを習っておいてよかった。必要最低限の上品な所作を身につけていること。それは、聖殿で働く使用人に求められるもっとも基本的な条件だったからだ。

声をかけると聖爵ははじめてソフィアに気づき、顔をあげた。

青い瞳に射貫くような視線を向けられると、どきりとさせられてしまう。

手紙のやりとりはしていたものの、実際に会うのは八年ぶりだ。

幼かったソフィアの背は伸び、面差しも変わった。

白金色の髪に翠玉《すいぎょく》の瞳は聖ロベリア公国ではよくある外見の特徴だ。

うっすらと化粧を施していることもあり、名乗らなければソフィアだとわからないのではないか——との友人からの助言で特別な変装はしてこなかったけれど、本当にバレないだろうか。

ソフィアは内心ではどきどきしながら、カイルの不躾《ぶしつけ》な視線を受け止めた。

じろじろと物色するように眺められると、居心地が悪い。

——どうしよう。バレているわけじゃないみたいだけど……なに？

自分の格好はそんなに変だろうかと、髪の乱れを確認したくなる。

ソフィアはあまり華美ではない濃緑のデイドレスに、ケープと帽子をかぶっていた。

女性の帽子はお洒落《しゃれ》のためのもので、目上のものに謁見する場合、脱がなくても失礼に当たらない。だからソフィアは旅をしてきたままの服装で、聖爵の執務室までやってきたのだ。

背中まで覆う白金色の波打つ髪を軽くバレッタで留め、翠玉の瞳をまっすぐにカイルに向ける。

背の高さは普通だが、手足がすらりと長く、ソフィアはいつも年齢より大人びて見られた。

破顔すると人形のように愛らしい容姿は、光に透けて溶けてしまいそうな儚《はかな》ささえうかがえる。一方でかよわい少女の見た目そのものにかかわらず、きゅっと引き結んだ口元には、頑固者の特徴がはっきりと示されていた。

「なんだ、この娘は。ハンス、なにか聞いているか?」

どうやら、この修士の名前らしい。ハンスと呼ばれた少年は、「ああ、そういえば」と書類束から一枚取り出して、カイルの前に差し出した。

「新しい侍女ですよ。先日カイルさまがひとり、クビになさったでしょう」

「はい、こちらで求職しているとうかがい、やってまいりました。これは白の聖爵猊下からの紹介状です」

ソフィアは用意していた紹介状を机越しにカイルの前に差し出した。

青の聖爵は封蠟をパリンと割って、紹介状を開くと、面白くもなさそうに眺めている。

「ああ……そうか。このところ聖殿も忙しい時期だから、ありがたいところだ。よく来てくれた。しかも白の聖爵猊下直々の推薦とは……こんなところで働く必要がある家柄の娘ではないのでは?」

ありがたいと言いながら、言葉の端々に棘《とげ》を感じるのは気のせいだろうか。

普通の娘だったら、その鋭いまなざしを向けられただけで、すくみあがってしまうのだろう。

しかし、かちんと頭にきたソフィアは、目上の者に話しかける礼儀として、軽くお辞儀をす

ると、

「畏れながら申しあげますが、聖爵猊下の身近で働くのに、そんなに身元が不確かなものでよろしいのでしょうか？」

言葉尻を捉えた嫌みを返してしまった。

カイルはソフィアが誰だかわからなくても、ソフィアにしてみれば子どものころからなついていた青年なのだ。何度も怒られたことがある上、自分自身に非がないのに睨《にら》まれたところでなんということはない。

しかし、周りはそう受けとらなかったようだ。

ソフィアのきっぱりした物言いに、ハンスという少年などは聖職者としてあるまじき、「ひゅう」という冷やかしの口笛まで吹いた。

「な、なんて生意気な娘なの⁉　猊下、こんな侍女をそばに置かれる必要はありませんわ！」

「黙れ、マレーヌ」

まだ残っていた令嬢の非難を一蹴すると、カイルは悠然とした動きで自分の席から立ち上がると、一歩二歩と部屋を横切り、ソフィアの前に立った。

カイルは背が高く、幼いソフィアは巨人のように大きく感じていた。けれどもいま、大人になって並んで見ても、記憶にあったより大きい気がする。

見上げると、静かな容貌は昔のままだ。

冷ややかな表情で見下ろされると、どきりとさせられてしまう。

ソフィアがどうしたらいいかわからずに立ち尽くしていると、カイルの手がおもむろにソフィアのあごに伸び、顔をあげさせた。

「気が強い女は嫌いじゃない……それに、この髪……」

カイルの骨張った手があごから後れ毛に伸びて、指に絡めながら弄ぶ。

突然、距離を詰められて、心臓が止まるかと思った。沈黙されるとなおさら、理知的でいて頬骨の高い男らしい顔に見入ってしまう。

「この、髪がどうかいたしましたか?」

——まさか、わたしだとバレたのかしら?　ずっと会ってなかったのに、カイルお兄さまはソフィアのことが……わかったとか?

計画が台無しになってしまうけれど、それはそれで少しうれしい。どうしよう。

ソフィアがどきどきと胸を高鳴らせて聖爵の次の言葉を待っていると、彼は腰に響く低い声を出した。

「私の幼い妻とよく似た髪の色だ。珍しい髪の色ではないが……まぁ、いい。追い出すのはいつでもできるからな。城館の掃除でもしてもらうことにするか」

その言葉に、ソフィアはほっと胸を撫《な》でおろす。

「は、はい。おまかせください……猊下」

忠実さを示すように体を沈めてお辞儀をする。

まずは第一段階突破だ。カイルのそばにいられるなら、掃除くらいなんということはない。

子どものころも、カイルが屋敷の書斎で読んだ本を片づける手伝いをしていた。そのせいか、寮でもルームメイトのハルカが夢中になって本を読み散らかしているときに、片づけるのはソフィアの役目だった。

――こんな形でカイルお兄さまのお役に立てるなんて……うれしい。

修士のハンスに城館へと案内されながら、ソフィアは舞いあがっていた。

狭いながらも自分の部屋を与えられ、仕事場となるはずの、城館の主の部屋へと連れられる。

まさかこんなに早くそばに来られるとは思わなかった。紹介状を用意してくれた白の聖爵さまさまだ。

ソフィアがずっと生活していた寄宿学校、聖エルモ女学院は上流階級の子女ばかりが集まった学校で、ソフィアがカイルに―― 青の聖爵の身辺をひそかに探りたいと相談したところ、いろんな手助けをしてくれた。

なかでも、ルームメイトのハルカは、自身の祖父である白の聖爵に連絡をとり、紹介状をもらってくれたのだ。その効果がこんなに絶大だなんて……学校に戻ったら感謝を伝えなければと、ソフィアは心に留めた。

「こちらが聖爵のお部屋です……あ、その本は気をつけてください」

「え……」

弾んだ足取りで部屋に足を踏み入れたところで、ソフィアは固まった。

この国にたった七人しかいない聖爵猊下の私室だ。

どれほど豪華絢爛か、あるいは荘厳なまでに静謐な神々しさに満ちた部屋が現れるかと思いきや、ローテーブルと食卓、台という台は積み本と書類で埋まっていた。

くらりと眩暈がして、ソフィアは引《ひ》き攣《つ》った笑みを浮かべる。

「………ハンスさま。こちら、倉庫ですよ。どうか聖職猊下の部屋へお連れくださいませ」

考えるより先に、現実逃避していた。くるりと踵《きびす》を返して廊下に戻ろうとするソフィアの肩をハンスが引き留める。

「いえいえいえ、こちらがカイルさまの私室です。公務に関わる書類は執務室にあるのですが、個人的に聖典を研究されている論文などは、こちらで執筆されているのです。それと、僕に敬称は不要です、ハンスと呼んでください」

「論文？　聖爵猊下が？」

言われて部屋の奥に進み、食卓を埋める書類を手にとる。

手紙で見慣れた優美な文字は、まだ下書きの段階だからだろうか。いつになく、乱れていた。

――カイルお兄さまの文字だわ……聖爵になられたあとも研鑽《けんさん》なさっているなんて……お兄さまらしいわ。

ソフィアは思わずくすりと笑う。

「しかし、これでは……どこから掃除したらいいかわからないわ」

あるいは、だからだろうか。もしかすると、フェリシアと名乗ったソフィアを雇うと言ったのは形だけで、できないことを仕事だと言って追い払うつもりなのかもしれない。

——あの、女の人は追い払わないのに……。

妻のソフィアが来たと名乗ったわけでもないのに、冷たくされるとずきりと心が痛い。

「あ、寝室はまともね……よかった」

ソフィアは奥の部屋をのぞいて、ほっと胸を撫でおろした。

城館の二階、もっとも陽当《ひあ》たりのよい部屋がカイルの私室に当てられている。リビングダイニングと書斎、寝室と客間といった四部屋が続きとなっていて、リビングダイニングの大きな窓からはバルコニーに出られるようになっていた。

城館は中庭に面しており、バルコニーから見下ろせば、水を湛《たた》えた円い池に睡蓮《すいれん》が花開いているのが見える。回廊をぐるりと巡れば、城壁の向こうに建つ聖殿への門に辿《たど》り着く。

「便利だけれど、休みなしで働かされているみたいね」

生活の場と仕事の場が近いのは自分の父親も同じだったけれど、聖殿は人の出入りが激しく、なおのこと疲弊しそうだ。部屋の窓を開けて回りながら、ソフィアがため息混じりに言うと、ハンスが打てば響くように答えた。

「カイルさまが真面目なだけで、聖爵だからといって誰もが部屋で論文を書くわけではありませんよ」

だとすれば、問題は部屋のなかを掃除するだけではすまないのだろう。部屋が不潔だとか、居住に適さないというのではなく、生活習慣の問題だ。

「もうちょっと快適で余裕のある生活をしないと……お体を悪くしてしまうわ」

積み本のあいだに、片手間に食べたらしい朝食の皿を見つけて、ソフィアはまた深いため息を吐いた。

白い結婚を終えたとたんに、旦那さまに倒れられるのでは、本末転倒だ。

カイルの健康管理をしなければと心に誓うソフィアの様子に、思うところがあったのだろう。ハンスが突然笑い出した。

「ははは……白の聖爵の紹介だなんて、どこのお嬢さまがいらしたかと思ったけど……これなら城館を任せても大丈夫そうだ」

「え……?」

ソフィアとしてはごく当たり前のことを言ったつもりなのに、ハンスがなぜ笑っているのかわからない。

「いや、ここに紹介されてくる良家のご令嬢というのはさ、あわよくばカイルさまと結婚しようと誘惑しにくる女ばかりだからさ」

「な、なんですって⁉　だってカイルさまはご結婚なさっているじゃないですか！」

ソフィアだって、これからやろうとしていることは変わらないにしても、立場が違う。焦るあまり、うわずった声を出してしまった。

確かにカイルは女性から見て、とても魅力的な存在だ。

夜を思わせる静かな瞳、襟足まで伸びた漆黒の髪。身に纏うのは聖職者ならではの禁欲的な空気なのに、背が高く骨格のしっかりとした体つきは、男らしい。

昔会ったときは、ただただ好きだったし、ろくにほかの男性を知らずに格好いいと思っていた。けれども、大きくなってから冷静に判断しても、ソフィアの旦那さまは素敵だ。

次から次へと誘惑に来る女性は、必ずしも聖爵という高い身分だけを目当てに迫っているわけではないだろう。

そんなことを考えているソフィアのとどめを刺すように、ハンスが言う。

「結婚は、恩師への恩返しというか……後見人に近いものだって、カイルさまはおっしゃってたからなぁ。どうも離婚されるおつもりらしい。あ、まだ白い結婚だからな。なにも違法なことはないぞ」

まさか当のソフィアがいると思わずに、ハンスは軽く話してくれた。しかも、カイルに非がないと擁護することを忘れずに。

多分、新しく着任した使用人に、ちょっとした世間話をしたつもりなのだろう。

しかし、ソフィアにしてみれば、目の前に迫っているのは自分の離婚なのだ。

——カイルお兄さまにとって、子どものソフィアは女として愛せないというなら……いまのわたし、フェリシアならどうかしら。

知らない人間として出会って、好きだと告白されたら種明かしをすればいい。

カイルにとって、『ソフィア』は後見して庇護《ひご》すべき子どもで、『ソフィア』が成人したら離婚するつもりだから、そうしたら君と結婚したい。そう言わせるのだ。

「わたしは恩師の娘としての愛が欲しいわけじゃないのだもの……名前は関係ないわ」

そう心に決めると、やる気が湧いてくる。

教えてもらった場所から掃除用具を引っ張りだし、布で口元を覆うと、戦闘開始。

「こんな部屋で生活するなんて、絶対に健康によろしくないわ！」

ソフィアは挑戦するかのように、きっ、と積み本と書類が溢《あふ》れた部屋を睨みつけた。

大事なのは、分類を崩さないこと。書類は捨てないこと。

昔、カイルのそばをうろちょろしているときに、ささいなことでもなにかお手伝いがしたくて、手を出しては怒られた経験がこんなところで役に立つとは。

部屋の隅から、移動できるカート式の本棚を見つけて、意気揚々と食卓に寄せると積み本を片付ける。

書斎にもいくつか空いている隙間を見つけては、周りにある本と分類が近い本を挟みこむ。

念のため、本棚に片付けた本はメモをした。紙とインクだけはたくさんあったから、ちょっとぐらい拝借しても問題ないだろう。

適度に片付いたところで、ふーっと満足げなため息を吐く。

「ん、今日はこれくらいにしておきましょうか！　さーて、お夕飯お夕飯……ひっ！」

思わず悲鳴をあげたのはソフィアが部屋を辞そうとくるりと踵《きびす》を返したすぐそばに、背が高い姿が険しい顔で立っていたからだ。

「書類に手をつけたのか！　ただ、簡単な掃除だけをすればいいものを……！」

どうやら部屋を片付けられたことに、ショックを受けているらしい。

身分が高い相手から怒りを向けられたと思うと、身がすくむ心地もするが、ソフィアにとっては理由があってしたことだ。

カイルからきつく睨まれたところで、怯《ひる》む気はなかった。

「お言葉ですが、聖爵猊下。お忙しい身なのですから、せめて私室にいるあいだは、もう少しゆったりとお過ごしください。健康に障ります」

きっぱりと言うと、カイルはまだなにか言いたそうに口をぱくぱくさせたが、結局なにも言わなかった。ただ、はっと思い出したように食卓の上に置かれた書類を手にとり、確認してめくっていくうちに怒らせていた肩の力を抜いた。

「ご安心ください、書類はひとつも捨ててませんよ」

失礼な心配をされ、掃除人の矜持《きょうじ》が傷つけられたと言わんばかりに腰に手を当てて、ふんぞり返ってみせる。

部屋の主に対してする態度ではないが、ソフィアとしても、ここは譲れない。

「ああ……ああ、悪かった……」

「わかってくれたのなら、いいです。明日は床掃除の続きをしますので、積み本の復活はご遠慮くださいませ」

素直に謝ってくれたので、ソフィアも口元をゆるませて言う。そのとたん、ぐーきゅるる、というとんでもない音が部屋に響いた。発生源はソフィアのおなかだ。

――きゃああっ、ちょっとなんてことを！　わたしのおなかってば、もうちょっと我慢してくれればいいのに！

かぁっと頬が真っ赤になる。そんなソフィアを見て、カイルもさきほどのハンスと同じように、突然笑い出した。

「これはまた、ずいぶん、主張が激しいおなかだな！　ははは……悪い。いや……くくっ」

「じょ、女性の生理現象を笑うなんて、紳士としても聖職者の振るまいとしても失格ではありませんか」

必死になって言い訳したが、これはだめだ。笑われても仕方ない。

あきらめて、部屋をさがらせてもらおうと「では、これで失礼します」と体を沈めてお辞儀をしたところ、カイルは意外なことを言いだした。

「まぁ、待て。確かに笑ったのは悪かった。お詫《わ》びと言ってはなんだが、いっしょに食事でもどうだ。食堂に行って、二人分を部屋に持ってくるように言ってくれ」

「え……で、でも。聖爵猊下と食事をともにするなんて畏れ多いです……」

聖爵というのは、ほかの国で言うなら、王か公爵に匹敵する高位貴族だ。

ソフィアはいま、上級とはいえ使用人として聖殿に雇われており、聖ロベリア公国の常識では、そんな相手と使用人が食卓をともにするわけがない。

「部屋で食べるときぐらい、いいではないか。せっかく食卓が綺麗になったんだ……使わなかったらもったいないだろう？　それに……」

「それに？」

確かにせっかくぴかぴかに綺麗にした食卓を使ってほしい。

もちろんカイルともいっしょに食事をしたい。

しかし、やはり同席での食事は使用人としての分を超えている気がする。逡巡《しゅんじゅん》するソフィアにカイルは端整な顔で、祈るように手を組みながら言う。

「どうも君のその髪の色を見ていると、私の妻を思い出してね……」

『私の妻』という言葉にソフィアはどきりとする。

カイルの妻はもちろん、ソフィア自身のことだからだ。

「年が離れているせいで、彼女がなにを考えているのかわからないし、もう嫌われているのかもしれないが……君みたいな若い人と話したら、次に彼女と会ったときにうまく話せる気がするんだ。だから、これも仕事だと思って、頼まれてくれないだろうか？」

カイルの言葉を聞くうちにソフィアは目を輝かせた。彼の申し出はソフィアにとっても願ったり叶ったりだ。

「奥さまと？　わ、わかりました。青の聖爵猊下のお役に立つようにと言いつかってまいりましたので、そこまで言われてお断りする仕儀はございません。聖爵の話し相手でも、愛人でも、ご命令いただければ全力で取り組ませていただきます！」

ソフィアが拳を振りあげて熱く宣言すると、カイルは一瞬目を丸くして、次の瞬間、また笑い出した。

「ははは……！　君は、外見はかわいらしいが、なんというか、見た目に似合わぬ面白い子だね！　愛人か……愛人ね……！」

カイルは顔を隠してぶるぶると震えている。どうやら、ソフィアの言った言葉が相当ツボにはまったらしい。

「じゃあ、愛人志願のお嬢さん、食事をとろうか。悪いが、ここは室内に電話を入れてなくてね。直接、厨房《ちゅうぼう》――キッチンに伝えてもらうしかない。これは君の仕事のひとつだ」

途中から真面目な顔になって仕事の説明になったから、ソフィアも姿勢を正して命令を聞く。

　こんなふうに侍女をやるのは初めてだが、子どものころに見た侍女はこうしていたはずと想像しながら、お臍《へそ》のあたりで手を組んだ。

「私が城館内で連絡をしたい場合は君を呼ぶ。君の部屋はたぶん、この真下で、この紐《ひも》を引くと呼び鈴が鳴る。そうしたら、この部屋に来るように」

「はい。了解いたしました。では、行ってまいります」

　体を沈めてお辞儀をすると、部屋を出ようとしてはっと我に返る。

「あ……あの！　猊下、キッチンはどちらにありますでしょうか！」

　焦った声で問いかけると、カイルはもう一度大笑いした。いわゆる、爆笑だった。

　自信満々で請け負ったばかりのソフィアは、今度こそいたたまれなくて、真っ赤になりながら屋敷の図を書いてもらい、迷いながらはじめてのお使いをこなした。

　――カイルお兄さまったら、こんなに笑い上戸でいらしたかしら……。

　自分のことを笑われて釈然としない気持ちもありながら、これまで知らなかった一面というのはやけに新鮮に感じる。

　ソフィアにしてみても、八年の月日を経て大きくなり、カイルと会うのは初めてなのだ。

　子どもの自分には見せなかった顔に、胸の高鳴りを抑えられない。

　さらにどきどきするのは、差し向かいで食事をするということの状況も初めてだからだ。

「話をするのに、席が離れていると不便だからな」

そう言われて、食卓を近くで囲んでいる。

貴族のあいだでは子どもは大人といっしょに食事をしないのが常だ。幼いころでさえ、客分として滞在していた青年とテーブルをともにするのは特別なことだったから、この距離の近さは慣れない。

落ち着かない気分で給仕されていると、ソフィアの目には豪華な食事が運ばれてきた。

聖殿の食事というのは俗世の貴族のそれとは違うかもしれないが、さすがに聖爵猊下の食事とあって、手のこんだ料理が多い。

長年過ごした聖エルモ女学院では、厳格な指導の下、食事は質素を心がけられていた。聖殿の祝祭など特別な日をのぞき、ごちそうを食べる機会はなくて、ソフィアは淋《さび》しく思っていたくらいだ。

ソフィアが暮らしていたフェリス伯爵家の領地屋敷――カトル・ラントレーは食事文化が豊かな地域で、子どものソフィアの目にさえ美しいと思う料理が、週に一度は出されていた。

人々を楽しませるための饗応のごちそう《イリュージョン・フード》こそ、祝祭の日に限られていたけれど、細工を施した果物や、動物の形をしたパンなどは日常のものだったのだ。

だからこそ、美しい銀の食器に入ったビシソワーズ・スープがやってきただけで、ソフィアはごくりと生唾を飲みこんだ。

続いて並べられた冷製肉も、真っ赤なトマトと緑のインゲンが飾られ、彩りあざやかで目に楽しい。聖殿では基本的に鶏肉《とりにく》は食べないから、豚肉だ。

毒が入っていないかを銀の食器などで確かめたあと、カイルがうなずくと、それぞれの席にスープが置かれた。

給仕をされて出される食事も久しぶりだ。学院は学院で悪くなかったけれど、聖爵猊下の食事に同席させてもらう栄誉というのは格別だとあらためて思う。

ビシソワーズ・スープをスプーンでひとすくい、口元に運んだあとで、ソフィアは控え目に話を切り出した。

「あの、猊下。ご厚情に感謝いたします。それでその、話し相手と言っても……年の離れた奥さまとは猊下にとってどのような……存在なのでしょう？」

こんな機会は滅多にない。ソフィアはカイルが自分のことをどう思っているか、その口から聞きたくて、話を切り出す。

「妻か……妻と言っても、年が離れているから妹のようなものでね。私の恩人の娘で……しあわせになって欲しいと思っている子だ……手紙では学院でいつも楽しそうにやっていると書いてくるのだが……」

もちろん、そう書いた。カイルに心配をかけたくなくて、淋しくて会いたいとか食事がいまいちだといった、学院での不安を綴《つづ》ったことはない。

「君のその白金色の髪を見ると、彼女を思い出すよ。無邪気に私のことを慕ってくれていてね。

とても愛らしい子なんだ。見ているだけでしあわせな気持ちになれる」

自分から切り出したことなのに、連ねられる褒め言葉が恥ずかしい。ソフィアは真っ赤になって、サーブされた冷製肉をナイフとフォークでつついた。

ちらりと見れば、カイルの顔はにやけており、その垂れた目尻、ゆるんだ頬が伝えている。

カイルがソフィアのことを愛しているのだと。

「ソフィアはとても賢いのだよ。私が勉強していると、そばにやってきて本を読みはじめるんだ。その様子がまたとてもかわいらしくてね……ソフィアに会うまで、子どもとはもっと騒がしいものだと思っていたから、こんなにも愛せる存在があるのかと驚いたくらいだ」

「も、もう結構です、猊下！　あの、これおいしいですよ！　はい、猊下。あーんしてください！」

ソフィアは小さく切った冷製肉を、無理やりカイルの口に押しこんだ。

「むぐっ……」

「ほ、ほら……そんなかわいらしい奥さまといっしょに暮らすようになったら、当然、今度こそ本当の新婚生活がはじまるわけでしょう？　ふたりきりで食事なさるときは、お互い食べさせてあげることもあるかと思いますから、猊下も慣れましょう！」

無理やりな論理だが、ソフィアは一息に言い切る。

すると、カイルは口に入れられた冷静肉を咀嚼《そしゃく》して飲みこんだあとで、にやりと人の悪い笑みを浮かべた。

「なるほど、愛人志願といい……悪くない考えだな。では、私も食べさせてやる」

「え……」

どういう話の流れだろう。カイルはソフィアの真似《まね》をして、スプーンに冷製肉を載せて、ソフィアの口にスプーンを押しこんだ。

「うぐぅっ」

カイルの弓なりに細めた目が、「仕返しだ」と言わんばかりに悪戯《いたずら》っぽく光る。位階の高い聖爵猊下がそんな茶目《ちゃめ》っ気《け》のある表情をするとは思わなくて、その見たことがない顔にソフィアはまた頬を真っ赤に染めた。

「これは妙な気分だな……人に食べさせて、人から食べさせてもらうというのは……しかも、予想外に楽しい。はまってしまいそうだ」

「うぐっ……んっ……は？」

口に入れられた冷製肉をようやく飲みこんだソフィアは、カイルの言葉を信じられないもののように聞く。

くすくすと、魅力的な笑みを浮かべている青年は誰だろう。

「確かフェリシアと言ったな……こちらへおいで」

斜向《はすむ》かいから手招きされ、食事中になんだろうと思ったけれど、ソフィアはひとまず従った。

フェリシアと呼ばれたことに、一瞬とまどったものの、氏姓である『フェリス』からとった名で、同じ『しあわせ』の意味を持つ名だ。

不自然になるほど間を空けることなく立ちあがる。

「猊下?」

カイルが座る隣に立つと手をとられ、なにを思ったのだろう。大好きだった青の瞳をふたたび見られたことに胸を高鳴らせるソフィアの手を引っ張り、膝の上に抱っこしてしまった。

「わわっ、猊下！　なにをなさるんですか！」

「愛人でもなんでも私の命令に従うのではなかったのか?」

あわてふためくソフィアの腰に手を回し、カイルは楽しそうに言う。

「新婚とは、こうやって食事をするものだと聞かされたぞ。暴れるな……ほら、まだまだおなかが空いているだろう?」

こんなばかな食事のさせ方を聖爵に吹きこんだのは誰だと怒りが湧くそばから、干しぶどうとくるみを練りこんだパンを口元に運ばれてしまう。悔しいけれど、おいしい。

はむはむと、咀嚼しているうちに干しブドウのほどよい酸味とくるみの香ばしさが口いっぱいに広がり、思わず頬がゆるんだ。

「そうやって素直に顔に出るところがかわいいな、フェリシアは。嫌がっていたわりにはまんざらでもなさそうだ……ほら、こっちは薬草のパンだぞ」

「な、なにを言って……むぐっ」

かわいいだなんて、こんな至近距離で言われて、胸がときめかないわけがない。それに、年頃になってから、異性とこんなふうに触れあったのは初めてだ。

真っ赤になったソフィアの耳に、くすくす笑いまでもが甘く響く。

「なんだ、愛人になってもいいと言いながら、初心《うぶ》だな。フェリシアは……もっと誘ってくれないと愛人にする気にならないぞ？」

そんな言葉を吐きながらぎゅっと抱きしめられるのは、愛人というより、むしろ子ども扱いをされているのだろう。カイルはフェリシアの動揺をあきらかに楽しんでいる。そう気づいてフェリシアは、むっとした。

「わ、わたしはもう子どもではありませんよ！　さ、猊下もちゃんと召しあがってください！」

抱きかかえられたままで、肩越しにものを食べさせるのは難しいが、ソフィアは意地になって野菜に包んだレバーペーストをカイルに食べさせる。差し出したものはきちんと食べてくれるから、それもくすぐったい。

顔から火が出るほど恥ずかしいのに、カイルが言うとおり、ソフィア自身も悪くないと思ってしまうから、より恥ずかしい。

「そうか、『子どもではない』か……くくく。少なくとも生娘《きむすめ》には違いないだろうが……ん？」

どうだ当たっているだろうと言わんばかりに、したり顔で指摘され、頭に血がのぼった。

「そ、それは……」

——カイルお兄さまったら、なんて破廉恥なことを口にして……。

真っ赤に頬を染めたその反応こそが生娘の態度なのだと、ソフィアは知る由もない。

しかし、生娘では困るのだ。カイルを誘惑し、抱かれなければ意味がない。

「で、では、本当に生娘かどうか、試してごらんになりますか?」

どきどきしながら、絞り出すような声で言う。

「猊下が本当に……あ、愛人にとおっしゃるなら、わたし……」

——カイルお兄さまと大人の行為をしても……構わないわ。

これだけのことを口にするのに、ソフィアがどれだけの勇気を振り絞ったか。

カイルにはわからないだろう。

膝抱っこをされたまま、真っ赤な顔でうつむくソフィアを、カイルはからかうような声で窘《たしな》めた。

「おまえのようにかわいらしい娘は、発言に気をつけるがいい。そんな真っ赤な顔で言われたら、男は皆、本気にしてしまうぞ?」

つん、と指先で、熟れたリンゴのように真っ赤になった頬をつつかれる。

それはやっぱり子ども扱いに違いなくて、ソフィアはむっと唇を尖《とが》らせた。

「そんな褒め言葉もどきをおっしゃっても、説得力はございませんわね。実際、猊下《げいか》には効果がないわけですから」

「なんだ。拗《す》ねた顔もかわいいと困ってしまうな……機嫌を直せ」

甘やかな響きのいい声が耳元で聞こえたかと思うと、それがお詫びの印なのだろうか。耳にちゅっと口付けられた。わけがわからない。

——し、信じられない……カイルお兄さまは初対面の娘にこんなことをなさるの⁉

甘い言葉に舞いあがりそうになるたびに、ソフィアの心の一部が悲鳴をあげる。

カイルと触れ合い、いっしょに食事をしているのがうれしいのに、釈然としない。思わず黙りこむと、さすがにやり過ぎたと思ったのかカイルがやさしい声を出した。

「ちょっとした冗談ではないか……そうだ、デザートには興味がないか？」

「で、デザート！」

ソフィアにもし犬のような耳がついていたら、その言葉を聞いた瞬間、ピンと立っていたに違いない。

カイルのとりなし策にはまり、ものすごい勢いで弾んだ声をあげる。

くすりと笑い声が聞こえたけれど、もう遅い。態度で興味津々だと答えてしまっていた。

「我が聖殿は式典のさいに出す食べ物のなかでも、特にデザートには力を注いでいるのだ。今度の祝祭のために、客人もやってくるし、料理長は新しいパイはどうかと言っていてな……」

「新しいパイ……たとえばどんな?」

　想像しただけで、生唾が沸き起こる。

　すっかり聖爵の言葉に乗せられて、肩越しに振り返ったソフィアに、ふたたびくすりと笑うような口付けが頬に落ちた。

「ラズベリーパイやブルーベリーパイはもちろんのこと、アップルパイに、最近ではオレンジのパイはどうかと言う話が出ていてな。南方のオレンジを、聖爵領内に温室を造り、たくさん育てているのだ」

「お、オレンジのパイ……それは贅沢《ぜいたく》かも……」

　オレンジという果物の話は学院でも、話題になっていた。

　もともと南方にあったものを輸入していたが、最近、聖ロベリア公国でもガラス張りにした温室で栽培するのが流行《はや》っているのだという。

　ガラス張りの温室《オランジェリー・ルーム》もオレンジの種木を仕入れるのも、もちろん、お金がかかる。だからこそ、上流貴族の子女が集まっていた学院では、これ見よがしに自分の家の金持ちぶりを自慢したい生徒が、実家でオレンジを作っていることを話題にしたがったのだった。

「どうする?　今日のデザートがオレンジのパイだったら……?」

　カイルの響きのいい声でささやかれるのは、まさしく甘い甘い誘惑だ。

　ぞくりと体が震えそうになるけれど、まだ聖爵の膝に乗せられたまま。耳元のささやきに感じたと知られたら、どうなるのか。想像しただけでも恐ろしい。

「ああ、君。デザートができ次第、持ってきてくれ。今日の客人の希望でね」

ソフィアの逡巡を見透かしたように、給仕に命令している。

聖爵の言葉は絶対だ。デザートが来たら、逆らえる気がしない。

「せ、聖爵猊下……でもこの格好はいささか食事がしにくくないですか？　わたしに食べさせてばかりで猊下はちゃんと召しあがってますか？」

食べさせるのはともかく、膝抱っこは早く回避したい。そう思ったのだけれど、

「問題ない」

その一言で押し切られてしまった。

「それに、わ、わたしがずっと乗ってたら、膝が疲れませんか？　わたし、重たいでしょう？」

「重たいなどと……肩車でもしてやろうか？　フェリシアの体は華奢《きゃしゃ》だから、簡単に持ちあげられそうだぞ？」

この体勢を止めたいからといって、肩車はない。子どものころさんざんやられたし、大好きだったけれど、この歳になってされたいわけがない。ぶんぶんと首を振って、全力でお断りさせていただく。

「わたしが思っていたより、聖爵猊下は冗談がお好きなようですね……ん？」

むっとしながら次はどうしようかと唇を尖らせたところで、給仕が新しい料理を運んできた。銀のクロッシュ——料理に被されたカバーを外して現れたのは、上に生地で網目模様がついた、パイだ。焼きたての香ばしさと、甘酸っぱい香りがたちまちフェリシアにまで届いた。

ごくん、と意識しないままに生唾を嚥下《えんか》する。

「ほら、フェリシア。来たようだぞ？　この匂いはオレンジだな」

目の前でナイフを入れられ、さくりと生地が分かれると、なおさら香りが高くなる。金色の果汁がなかからとろりと零《こぼ》れだした。ああ、もったいない。はしたなくも指ですくって舐《な》めてしまいたい。

給仕が取り分けてくれているのを忘れて、手を出したくなってしまう。

ソフィアの目はもう、新しいパイに釘付《くぎづ》けだった。

カイルの手がナイフとフォークを操ってパイを一口大に切り、フォークに乗せて口元に運ばれると一も二もない。ソフィアはカイルの策略に落ちて、ぱくりとそれを口に入れていた。

「おいしい！　甘酸っぱくてとてもいい香りで……なんて上品な味なの……」

「ありがとうございます。料理長に伝えたら、きっと喜ぶと思います」

ソフィアの賛辞に真面目な顔をした給仕が礼を言う。

それは貴族として生まれたソフィアにしてみれば当たり前のことだったので、特に気にしないで受け止めてしまった。

これからここで働く使用人としてはいかがなものかなどと我に返ったのは、ずっとあとになってからだ。

カイルがソフィアの態度を見て、やはり白の聖爵の紹介状を持つ娘は、上流階級の人間なのだと冷静に観察していることなど、気づく余裕はない。

一口食べたあと、次もどうぞといわんばかりにフォークを口元に運ばれ、呑みこめばまた次、もう一切れもとやっているうちに、あっというまに最初に分けられたパイをソフィアひとりで食べ終わってしまった。

気がついた瞬間には、羞恥でまた耳まで熱くなったけれど、どうしようもない。それほど、オレンジ・パイの誘惑は絶大だったのだ。

「やはり、色気より食い気なのだな……まだ子どものようだ」

くつくつと笑われたけれど、もう開き直るしかない。

「わたしはもう十分食べましたから、聖爵猊下も召しあがってください！」

そう言うと、もう一切れ、お皿に取り分けるように給仕に目で合図した。その一切れを切り分けてフォークに乗せると、震える手でカイルの口に運ぼうとした。やりかえそうとしてのことだったが、無理やりな姿勢なせいか、どうしても手が震えて、うまくいかない。

——や、やりにくい！

そう思ったときには、フォークの上から、パイが滑り落ちていた。

「わっ、わっ……ああっ……!」

バランスを崩したところで、背中がカイルの胸に当たり、フォークから零れたパイを、下に添えていた左手が受け止める。横倒しになったパイから、オレンジの焼けた果汁がたらりと手のひらを伝った。

「あ、あつぅっ……!　ぱ、パイが……ああ」

焼きたての果汁のあまりの熱さに手を振り、せっかく手で受け止めたパイが無惨にも床に落ちてしまった。食べものを落としてしまったことにソフィアがショックを受けていると、手首を強く摑まれた。

「大丈夫か⁉　ほら、フィンガーボールの水に手を浸して……悪い。さすがに俺がふざけ過ぎた。おまえの反応があまりにも素直で面白いものだから、つい……」

手を洗うための水を新たに持ってこさせて、またソフィアの手を水に浸す。痛みはあるものの、比較的やけどに強い手のひらに落ちたから、問題はなさそうだ。

「猊下、大丈夫です。わたしの手ってこう見えて頑丈なんですから！　むしろせっかくのパイが落ちてしまったほうがもったいないです」

安心させるように笑顔で言うと、なにを思ったのだろう。カイルは、まだ水に濡《ぬ》れたソフィアの手を口元に運ぶと、甲にちゅっと口付けた。

「ふぇっ⁉　カ、カカカ、カイルさま、いったいなにを……あの」

淑女のようにキスされただけで、ソフィアはまたすぐに真っ赤になる。

長年、女学院の寄宿舎で生活していただけに、男性とのちょっとした触れ合いにまるで慣れていないのだ。

いま目の前にいるカイルは、昔からよく知る兄のようにやさしい彼と同じなのに、なにかが違う。その違いに、ソフィアはすぐどぎまぎさせられてしまう。

「早く治るように祈っただけだ。なんといってもこれでも聖爵だからな……『静謐《せいひつ》であれ、聖獣レアンディオニスのやさしき青の羽根よ。傷ついたこの手を治癒せんと、祈りのなかに宿りたまえ』……」

そう祈りの呪文を口にしては、またソフィアの手の甲に、手のひらに口付けて、今度はあろうことか、指と指のあいだに残っていたオレンジソースに舌を這《は》わせた。

こんなふうに肌で感じると、他人の舌というのは見知らぬ生き物の触手のようだ。気持ち悪いのに、快楽に似た怖気《おぞけ》が背筋を這《は》いあがる。

「ん、くぅ……や、やめ……猊下、くすぐった……ふぁっ……ん」

ぎゅっと大きな腕に抱えられているから落ちる心配はないにしても、指と指に舌を這わされると、体がびくんと跳ねる。これまで感じたことがない震えに、ソフィアは鼻にかかった声を漏らした。

「だ、めぇ……やぁん……い、痛いっ……！」

ソフィアの左手を蹂躙《じゅうりん》していた舌が火傷《やけど》の痕に触れたとたん、ぴりりっとした刺すような痛みが走る。その叫びに我に返ったのだろうか。カイルは、ぱっと手から唇を離した。

「あ、悪い……まだ赤くなっていたな……失念していた」

「い、イエ……その、オ気ニナサラズニ……猊下にお気遣いいただいて、もったいないくらいです……」

うん、そういうことだ。

耳元で低い声を囁《ささや》かれたり、舌で手の指と指の股を舐められたりして、震えが走ったなんて、自分でもなかったことにしたい。恥ずかしすぎる。

——そもそも、給仕だって部屋に出入りしているのに、こんな膝抱っこをして食べさせるなんて、カイルお兄さまは恥ずかしくないのかしら……もう。

もし、『ソフィア』としてカイルにこんなことをされたなら、胸を叩《たた》いて「バカバカ、カイルお兄さまのバカぁ！」と叫んでいるところだ。

真っ赤になって頬を膨らませるだけで我慢しているのは、ひたすら自分が雇われた身だと思っているからこそ。

さらに言うなら、カイルの『ソフィア』に対する真意が知りたいからだった。

どうにか、膝抱っこから席に戻され、わずかに痛む手で食事を終えると、ソフィアはほっと胸を撫でおろした。

カイルのほうも食事を終えて、布巾で口元を拭っている。

ぐったりと疲れたけれど、ソフィアはよく頑張ったと心のなかで自分を褒めてやる。これでこの甘やかな苦行から解放されるのだ。

――そう思ったソフィアは甘かった。

カイルは満足気に布巾を置くと、こうのたまったのだ。

「確かにこういうのは慣れが必要かもしれない……妻とはこういう時間を持ったことがないからな……もっと、慣れるべきだと痛感した。またこうやっていっしょに食事をしてもらおうか」

「え？　また……？」

もちろん、差し向かいで食事をすることではなくて、食べさせてあげることも含まれているのだろう。下手をすると、また膝抱っこをさせられるのかもしれない。

そこまで考えが巡ったとたんに、さーっと血の気が引いた。

「よろしく、フェリシア」

にっこりと笑う聖爵の端整な顔は、どこか凶悪に見えた。

第二章　追想の結婚式のキスは涙に濡れて

カイルとの夕食を終えて自室に戻ってくると、ソフィアはぐったりとしていた。

「カイルお兄さまってば……もう恥ずかしい」

——膝抱っことか膝抱っことか膝抱っことか！

子どものころは何度もされたけれど、いまのソフィアは仮にも、もうすぐ十八才になろうかというれっきとしたレディなのだ。

「それとも、『フェリシア《わたし》』のことまで子ども扱いしているとか？」

考えたって答えは出ないけれど、記憶のなかの彼は、間違ってもソフィアと夕飯を食べさせ合ったりしない。

お行儀が悪いし、なによりそんなことを楽しむような人だとは思わなかった。

怜悧《れいり》な相貌であんなおふざけをされると、冗談ですませていいかわからなくて、ソフィアは調子が狂ってしまう。

「それとも、これだけ時間が経《た》ったら、お兄さまも性格が変わってしまわれたのかしら……」

ふぅっとため息を吐いて、ベッドの端に腰かけた。

聖殿は石造りの歴史的な建物がいくつも連なっている。

天を衝く鐘楼をに無数の尖塔を持つ大聖堂は、圧倒的な威容を誇る壮麗な建物だ。

詩篇を絵に表した浮き彫り《レリーフ》や聖獣の像が飾られたファサードに目を奪われながら大扉のなかに足を踏み入れれば、天井から吊りさげられた巨大なシャンデリアや金の彫像が出迎えて、その華麗さに聖殿の威信を垣間見るのだ。

祭殿の正面に飾られた聖獣レアンディオニスのステンドグラスは見事だし、高い天井に圧倒されもするけれど、やはり古い。すり減った石床は歩きにくいし、高窓の開け閉めが大変そうだなんて考えてしまう。

そこに行くと、城館のほうは生活が便利なようにだろう。ところどころ最新の造りになっており、ほっとした。窓も大きく明るくて、心地よく過ごせそうだ。

使用人用の部屋は天蓋付きのベッドではないが、いまは夏だし、問題なさそうだった。

窓をわずかに開けたままにして、カーテンをかけると、それだけで、急にほっとして眠気が襲ってくる気がした。

寝間着に着替えて、ベッドに潜りこむと、カモミールの香りがふわりと漂う。

聖殿はオレンジのような特別な果物だけではなく、薬のもとになるハーブを育てており、ある程度自由に使えるのがうれしい。

ソフィアの生家でも、よく寝られるようにと、よく枕に入れていた。

ランプを消してベッドに体を沈めると、ぐるぐると今日一日のことが目蓋の裏で回る。

扉を開けた瞬間、目に入ってきた女性のことも。

「あの女の人はなんだったのかしら……ハンスに聞いてみればよかった……かな……」

――でも……カイルお兄さまの手は昔と同じように大きくて、心地よかったなぁ……。

そんなことを思ったのを最後に、ソフィアはすぅっと眠りに落ちた。

懐かしい夢のなかへと――……。

† † †

両親を事故で亡くしたソフィアは、九才で天涯孤独の身になった。

残されたのは伯爵家の財産を漁《あさ》ろうとする遠い親戚ばかり。

「伯爵位は俺が継ぐにしても、ソフィアは誰が引きとるんだ？　こんな子どもはいやだぞ」

「なんであんたが伯爵になれるんだよ。順位から言ったら、うちの夫のほうが上だろ？」

喪服の黒いワンピースを着たソフィアは、埋葬に立ち会った親戚が早くも財産争いをする声を聞きながら、なにもできない悔しさに耐えていた。

フェリス伯爵家は男子相続の家系だが、もしソフィアが成人していれば、一時的に女継承人

となれるはずだった。

しかし、どう考えても、そんな手続きをとってくれる親戚はいそうにない。

父親が管理してたフェリス領は、このハイエナたちに貪《むさぼ》られ、美しい屋敷からソフィアは追い出されるのだ。

絶望的な気持ちで、聖殿の墓地から屋敷に戻ってきたソフィアを出迎えてくれたのは黒髪の背が高い青年――カイルだった。

足首まで届く裾の長い服に、聖職者の証《あかし》である金糸の刺繍《ししゅう》付きの肩掛けを纏《まと》っている。

「カイルお兄さま！」

子どものころからソフィアをかわいがってくれていた青年を見間違うはずがない。ソフィアは弾《はじ》かれたように駆けだして、青年の足下に抱きついた。

「カイルお兄さま、カイルお兄さま……お父さまとお母さまが……！」

ふたりはフェリス領を離れ、フェリス領を含むラヴェンナ地方を統括する赤の聖爵に挨拶にうかがっていた。その帰りに乗った船が嵐で座礁し、亡くなったのだ。

ひどい海難事故で、遺体が近隣の海岸に上がったフェリス夫妻などはまだいいほうだったのだと言う。波に流されたか、船のなかに残ったままで、生死不明のものも多いらしい。

その知らせは、港でふたりを出迎えに行っていた執事が領地に持ち帰った。

ほんの五日前のことだ。

それからの記憶がソフィアにははっきりしない。

執事はあれやこれやと親戚に連絡をしていたし、聖教区の司祭さまが心配して様子を見に来たのも覚えている。でも、いつのまにか居座っていた親戚たちがいつやってきて、ソフィアにどんな挨拶をしたのかとなると、まるで覚えていないのだった。

彼らはやってきてすぐに、伯爵家のひとり娘であるソフィアを存在しないもののように扱った。そのため、葬式をするまでの数日間は、これまでなに不自由なく育っていたソフィアにとって、耐えがたいものだった。

しかも、彼らの話の端々から、このひどい扱いが幼い娘のこれからをも暗示していることは想像に難くないのだ。

――これからわたしは、どうしたらいいんだろう。

使用人たちはソフィアに同情的だったけれど、傲慢な親戚たちを前にどうにもできない。

絶望的な気持ちでいたところにやさしい顔を見かけて、張り詰めていたソフィアの心はようやく悲しみに追いついた。

「うっうっ……カイルお兄さまぁぁ……」

どっと翠玉《すいぎょく》のような瞳から涙を溢れさせて、嗚咽《おえつ》を漏らす。そんなソフィアの様子に、カイルは少し困ったような顔をして、少女を腕に抱きあげた。

「大変だったね、ソフィア。ひとりでよくがんばったね」

大きな手で髪を撫《な》でられると、なおさら涙が止まらない。

「ふぇ、えぇ……ソフィア、ひとりに、なっちゃった、の……」

これからは夜、どんなに淋しくってもお母さまは来てくださらないし、お父さまが大きな声で笑う声も聞けないのだと思うと、いくら泣いても泣いても涙が涸《か》れ果てることはない。

ソフィアは高く抱きあげられた青年の腕のなかで、彼の首に抱きついた。

「なんだね、君は」

見知らぬ親戚のひとりがカイルを見て、いますぐに出ていけといわんばかりに声を荒らげ、ソフィアはぴくりと身を強張《こわば》らせる。少女のその様子だけで、伯爵家にやってきた親戚たちが彼女をどう扱ったのか、カイルは瞬時に察したらしい。

もう安心していいと口にする代わりに、少女を抱きしめると、強い語調で言い返した。

「僕はソフィアの夫です。彼女が成人するまでは、フェリス伯爵位も一時的に預かることになりました」

「え?」

ソフィアはなにか聞き間違えたかと思って、ぱちぱちと大きな瞳をしばたたいた。

しかし、集まっていた親戚は一様にどよめき、さらには名も知らぬ壮年の親戚がカイルに詰め寄った。

「ふざけるな、俺たちはなにも聞いてないぞ!　だいたい、もしソフィアが結婚していたのな

ら、兄さんは俺に連絡をしてしかるべきだろう。騙《だま》されるな、この男は伯爵での財産を狙う詐欺師に違いない！」

大声で喚く男にカイルはまるで動じない。丁寧な中にも静かな威厳を漂わせて、きっぱりと叔父の言葉を撥ねのけた。

「あえて、ミスター・ドラジェと呼ばせていただきますが……あなたに伯爵位を継ぐ権利がわずかなりともあったのは、先代のフェリス伯爵から勘当されるまでの話です。ソフィアの配偶者である僕は正当な権利を持って話しています。いくらあなたがソフィアの叔父であっても、口を出すことはできません」

「なんだとっ！」

びっくりしたことに、彼は自分にとってもっとも近い血縁らしい。

父親に弟がいたなんて知らなかったソフィアは一瞬、聞き間違いかと思ってしまったほどだ。さらにびっくりしたのは、その叔父が、カイルに摑みかかってきたことだった。

「野蛮な方ですね……先代伯爵が勘当したのも無理もありません。それに、処世術にも欠けるようだ……」

カイルはソフィアを抱いたまま、首のあたりを摑まれているのに、不敵な笑みを浮かべて、余裕だ。

「神に唾吐くものよ、呪われるがいい。おまえは誰に摑みかかっているのか、わかっているの

か?」

その呪《まじな》いめいた言葉に、ソフィアもいま一度、目をしばたたかせた。

——確かカイルお兄さまは、神学校に行っておられたはず……。

けれどもただの神学生が言うにしては、凛《りん》とした威厳に満ちている。騒ぎたてている叔父とは格が違うという感じだ。

先に気がついたのは、様子をうかがっていた親戚の誰かだった。

「ちょっと待って、あの肩掛け……聖爵の肩掛けじゃない?」

「聖爵?　そう言われてみれば……もしかして青の聖爵?」

ソフィアも体をひねって自分を抱く青年の肩掛けを見ると、確かに金糸と青糸の刺繍で青い聖獣レアンディオニスが描かれている。

「カイルお兄さま、せいひゃくになられたの?　おめでとうございます!」

言葉が難しくて、うまく発音できなかったが、青年が高位の聖職者を目指してずっと勉強してきたのは知っていたから、ソフィアは素直に祝福を口にした。一方で、ほかの親戚たちは突然の高位聖貴族の登場に動揺している。

聖爵というのは聖ロベリア公国でも七人しかいない。

聖貴族と言っても、大聖教区の貴族司祭や、聖天秤官という裁判権を持つ聖職者は、まだ馴《な》染《じ》みがあるが、聖爵となると格段に雲の上の人になる。

バルコニーの上で手を振っているところはともかく、こんな間近に近侍も連れずにいるところを見ることは滅多《めった》にない。

唖然《あぜん》としたまま、心地よい聖爵の声を聞く。

「さて、みなさま。今日は遠いところから義父の埋葬に立ち会ってくれたことに感謝します。どうぞ速やかにお帰りください。帰りの乗合馬車がなくなってしまいますから」

にっこりと微笑んで、遠回しに「とっとと帰れ」と言う権力者。

整った怜悧な笑顔で言われるから、なおさら怖い。

ソフィアにも覚えがあったけれど、カイルは笑みを浮かべて怒るときがいちばん怖いのだ。

フェリス伯爵家に群がるハイエナのようだった親類たちは、屋敷の使用人たちの見送りで、たちまち追い出されてしまった。

あとには、いつもの静かなフェリス伯爵家の領地屋敷《カトル・ラントレー》の姿が戻っていた。

ただ、父親と母親の姿がぽっかりとないだけ。

それでも、いつもの屋敷を見て、ソフィアはほっと胸を撫でおろした。

葬式にやってきたというのに、屋敷のあちこちを嗅ぎ回り、「この絵画は売ればいくらになる?」とか、「凝った造りの燭台《しょくだい》は金になりそうだ」などと物色するような乱暴な人々の手で、父母が愛した屋敷が荒らされるのかと思うと、小さな胸が張り裂けそうだったのだ。

「カイルお兄さま、すごいわ！　魔法使いみたい！　あの人たちを、えいっと追い払ってしまったわ！」

無邪気に喜ぶソフィアをよそに、カイルは表情を曇らせる。

嫌な人たちがいなくなったのに、なんでこんな悲しい顔をされるのだろう。

不思議に思ったソフィアが首を傾《かし》げているあいだに、父親の書斎だった場所に連れられた。

すると室内にはどこかで見たことがある紳士が待っていて、立ちあがってカイルとソフィアに礼をする。

「フェリス伯爵の財産を管理している弁護士だ。ミスター・サッシャだよ。なにかあったときのためにいっしょに来てもらった。ソフィア、君はまだ幼いから、わからないところもたくさんあるかもしれないが聞いてほしい」

緊張した空気が怖かったけれど、彼らが真剣に言っていることはわかったから、ソフィアは黙ってうなずいた。

「この屋敷も、君のお父さんが治めていた領地も、フェリス伯爵家の爵位あってこそのものだ。しかし、この家に男児はいなくて、子どもは女児のソフィアひとり。しかも君はまだ成人していない」

そのとおりだ。このまま弟が生まれなければ、両親はどこかから養子をとるか、ソフィアに婿をとらせるつもりでいた。

細かいことはよくわからなかったけれど、何度かそんな話をされていたから、この家に跡継ぎの問題があることは、ソフィアも理解しているのだ。

「とても難しい話を省《はぶ》けば、血縁上でもっとも伯爵位を継ぐ権利に近いのは、君のお父さんの弟——ミスター・ドラジェだが、彼は君のお父さんのお父さん、つまりおじいさんに勘当されていて、いまのところ、その権利は剥奪《はくだつ》されている」

「だからわたしが知らない人だったのね」

ソフィアにとって叔父に当たるなら、近しい親戚のはずだ。なのにソフィアは、九才になるまで、ミスター・ドラジェという人と会ったことがなかった。つまり彼はこの屋敷にとって、招かれざる客だったのだろう。

すると今度は、カイルの話を引きとって、壮年の弁護士が言葉を続けた。

「問題はそれだ。伯爵位が空位になったときの法律は複雑でね……家系図から外された彼は、現時点ではなんの権利もないが、裁判を起こして、自分の地位回復を求めれば、認められる可能性もある——つまり、女児である君を排除して、フェリス伯爵になれる可能性が」

感じの悪かった叔父を思い出して、ソフィアはぶるりと震えた。それで、あんなに偉そうに振る舞っていたのかと幼いながらも理解する。

もしカイルが助けに来てくれなかったら、幼いソフィアはどうなっていたのか。

力でも権力でも、身を守るすべがないソフィアをこの屋敷から追い出すのは、簡単だっただろう。

「そういえば……カイルお兄さま、わたしの夫だっておっしゃったわ！　わたし、いつのまにかお兄さまと結婚していたのね！」

無邪気な少女は、素直にうれしくて、弾んだ声で言った。

だってソフィアは、父親が後見をして、カイルがこの屋敷に滞在していたときから、彼のことが好きだった。

ませた子どもだったソフィアは、何度も、カイルに求婚していたくらいなのだ。

いまよりもっとソフィアが小さかったときのこと。

「ソフィアね、カイルお兄さまのお嫁さんになってあげてもいいわ」

そう言ってソフィアは、子どもならではの無敵さで、カイルに抱きついた。

「恩師のお嬢さんと結婚なんて、畏れ多い……それに、ソフィアは婿をとって、このフェリス伯爵領を継がなければいけないんじゃないのか？」

子どもの言うことだから、適当にあしらっておけばいいのに、カイルはいつもソフィアの言う言葉に、とても真面目に答えてくれた。

「でも、そうしたら、カイルお兄さまがお婿さんになってくれればいいわ。それで解決でしょう？」

子どもながら、ソフィアも自分の結婚相手のことは、よく理解していた。

自分が婿をとらなければ、フェリス伯爵家にとってなにか問題があるということはわかっている。だからこそ、自分の好きなカイルが婿になってくれたら、ソフィアにとって問題はすべて解決できたも同然だったのだ。

「基本的に聖職者は、妻帯できないんだよ……ソフィアはもう、幼いのに悪い女だな。こんなにかわいいわがままばかり言って、カイルお兄さまを困らせてばかりいるんだから」

軽く幼女の額をつつきながら叱るカイルの言葉は、しかし甘い。

ソフィア自身、カイルが怒っているわけじゃないのはわかっているから、甘えるように青年の膝に収まって、ふくふくとした手を青年の顔にのばす。

子どもの目から見ても、黒髪の青年は見目麗しい容姿をしていた。

静かで厳粛な夜を思わせる青い瞳に、艶《つや》やかな黒髪。軍人が持つ鋭さとは少し違うのだが、凛とした容姿は、見る人の背筋を伸ばさせるようなところがあった。

しかも、端整な容姿もさることながら、朗々とした響きのいい声をしており、高天井を持つ聖堂で、彼が祝詞を諳《そら》んじると触れ回ると、近隣からたくさんの人が集まってくる。

ときに低く、ときに高く、謳《うた》うように聖獣レアンディオニスを寿《ことほ》ぐさまは、どんなに言葉を尽くしても表せないほど素敵なのだ。

「彼の声は魅惑的なだけでなく、説得力があり、人を穏やかにさせる力がある」

初めて彼の祝詞の詠唱を聞いたとき、フェリス伯爵は手放しに褒めて、カイルが上級神学校に行くための支援を申し出たのだった。

ひとりっ子だったソフィアにしてみれば、カイルは突然やってきたお兄さんのような存在だ。

これまでは勉強するのを嫌がっていた娘が、カイルが勉強しているときには相手をしてくれないとわかると、自分もおとなしく本を読むようになったので、両親にしてみてもこれはいいと思ったらしい。

ソフィアがカイルの周りをうろついても、咎《とが》められることはなかった。

一方でカイルにとってソフィアは、自分を支援してくれている恩人の娘だ。しかも、人形のようにかわいらしい娘は、どんなにわがままを言われても邪険にするのが難しい。

「お兄さまが勉強しているときには、邪魔をしないなら、同じ部屋にいてもよい」

というのは、カイルにしてみても最大限の譲歩なのだった。

もっとも、幼いソフィアが読んでいたのは本といっても、絵本だったのだけれど。

そんなふうに、カイルにべったりだったソフィアは、彼が上級神学校に受かり、カトル・ラントレーを離れるとなると、当然大騒ぎした。

「カイルお兄さまといっしょにソフィアも神学校に行くの！」

「ごめんね、ソフィア。君は神学校には入れないんだよ」

泣きながら訴える少女を前に、彼はひたすら困っていた。愛しい少女のわがままを、できるなら聞いてあげたい。しかし、聖ロベリア公国では基本的に聖職者は男性に限られている。

女司祭が治める聖教区もあるが、その場合でも神学校は男女別に学ぶ。どちらにしても、ソフィアがカイルといっしょにいることはできないのだ。

「ソフィアは大きくなったら、カイルお兄さまのお嫁さんになるんだもん……だから、カイルお兄さまといっしょに暮らすんだぁぁぁ！」

泣きわめいてカイルから離れない分には、抱きあげてしまえばいいけれど、神学校に行く準備をするのに、詩篇《しへん》をまとめた聖典を隠してしまったのは、父母も困り果てた。

「ソフィア、カイルを困らせてそんなに楽しいの？　お願いだからどこに隠したのか、お母さまに教えてちょうだい。そうして、笑顔で送り出してあげましょう？」

父親譲りなのだろうか。ソフィアはやさしくて、気のいい性格だったが、ときおり幼い年齢に似合わぬ頑固さを見せるときがあった。

部屋のカーテンにくるまってしゃがみこんだまま、ふるふると首を振る。

明日にはもう船に乗って公都に出かけなければ行けない。

そこまでソフィアを説得できなかったフェリス伯爵は、一計を案じた。

一枚の紙をちらつかせて、ソフィアにこう言ったのだ。

「ソフィア、これは結婚契約書だぞ。おまえがもし、詩篇を返してくれたら、カイルにサインさせる。おまえを名実ともに、カイルのお嫁さんにしてやろう」

「本当!?」

これまでうんともすんとも言わなかったソフィアが初めて顔をあげた。

「フェリス伯爵……しかし、僕は妻帯できませんよ……もし妻帯するとなると上級の聖貴族になる必要がありますし、それには何十年かかるかわかりません」

ひそひそとカイルが伯爵に話しかける声は、少し離れた場所にいるソフィアには聞こえない。

「未来のことは、いいのだ。とりあえず、詩篇を返してもらうのが先だぞ。入学式に遅れてしまうではないか」

伯爵はそう言ってカイルを黙らせると、自分の娘に契約書を読んで聞かせた。

「『私、カイル・イェンス・ローグナーはソフィア・ヨーレン・フェリスを妻とし、愛することをここに誓います。たとえ空が落ち、地が割れ、海が涸れようとも、この誓い破らるることなし。互いに息絶えるその日まで』――最大級の誓いだぞ？」

その策略は、見事にうまくいった。ソフィアは契約書と引き換えに、神学校に持って行くのに必要な詩篇の聖典を秘密の隠し場所からとってきたのだ。

「あー、もちろん。ソフィアはまだ幼いのだから、十八才になって成人するまで、ふたりは肉体の関係を持たない白い結婚を貫《つらぬ》くこと」

「白い結婚というのも……結婚なの？　それならいいわ」

機嫌を直したソフィアは知らなかったが、結婚契約書は、聖殿に提出してはじめて効力を持つ。つまり、提出しなければ、誓いは無効だし、結婚したことにはならない。

それでも、きちんと蠟印《ろういん》──蠟を垂らし、フェリス伯爵の印璽が押された契約書は、子ども相手の芝居の小道具としては絶大な効果があった。カイルがいなくなったあとも、それは続いて、なにかソフィアが癇癪《かんしやく》の気配を見せると、母親は、

「あらあら、カイルの奥さまともあろう方が、そんな食べものの好き嫌いをするなんてみっともない」

と言って黙らせてしまうありさまだ。もっとも、カイルは長期休暇のたびに、カトル・ラントレーを訪ねてきたし、ソフィアも少しずつ大人になって、詩篇を隠すような子どもじみたわがままはあまりやらなくなった。

結婚契約書の種明かしも聖教区の司祭によって知らされた。

「ソフィア、私のところには結婚契約書は提出されてませんよ。君はまだ、未婚です」

そう聞いて、ショックを受けなかったわけではない。しかしソフィアは成長し、自分のわがままを恥じる歳になっていたので、父親の不正を怒る気にはならなかった。

それでも、父親であるフェリス伯爵とカイル、そしてソフィアの三名が署名した結婚契約書はソフィアの机の引き出しに大切に仕舞われていた。

ほんのちょっとした芝居のための小道具に過ぎなかった結婚契約書。

はじめはソフィアのわがままを収める目的で作られたそれは、両親が亡くなったいま、ソフィアを守る盾となれる効力を秘めていた。

長衣に聖爵の肩掛けを纏うカイルと、仕事着らしい三《み》つ揃《ぞろ》いをきちんと着こんだ弁護士と、喪服のソフィアと。

書斎の応接セットに座り、声を潜めて話しているなか、「いつのまにかお兄さまと結婚していたのね！」というソフィアの明るい声は、やけに場の雰囲気から浮いている。

カイルはソフィアの前に膝をつき、目の高さを合わせると、小さな両手をとった。

「……ソフィア。大事な話があるんだ。昔、君と結婚契約書を交わしたね。あの紙を渡して欲しい」

真剣な目で言われて、ソフィアの小さな心臓はとくんと甘く跳ねる。

「でも……あれは、お父さまがわたしをだますために作ったものでしょう？　ニセモノの結婚契約書だわ」

わかっているんだから、と唇を尖らせてみせる。甘えたわがままを聞いてくれる相手さえ、いまとなってはもうカイルしかいない。そう思うと、また大きな瞳に涙が溢れてしまう。

鼻をすすり始めたソフィアを抱きしめたカイルは、低い声で言った。

「だから、本当に結婚しよう。そうすれば、大きくなるまでは僕がソフィアを守ってあげられる。あれはちゃんとした書式に則《のっと》って書かれている。教会に提出すれば、ちゃんと僕とソフィアの結婚は有効になるんだよ」

「それって本当⁉　ソフィアはカイルお兄さまのお嫁さんになれるの⁉」

いま泣いていた少女がもう、ぱぁっと笑顔に変わるのを見て、カイルはくすりと笑う。

「ソフィアは、カイルお兄さまと結婚してくれるかい？」

整った笑顔に頬を染めるのに、年齢は関係ないのだろう。ソフィアは大好きな青年からのプロポーズに、苦しくなるくらい胸をときめかせた。

「はい……カイルお兄さまと、結婚……します……」

「よしっ、じゃあ。ソフィアの部屋に行こう」

うっとりと承諾した余韻もさめやらぬうちに、立ち上がったカイルに抱きあげられていた。

「わわっ、カイルお兄さま。ソフィアはもう小さい子どもじゃないんですから！　ひとりで歩けます！」

昔よくされたように、腕に腰掛けるようにして抱きあげられる。視線が急に高くなって、妙な気分だ。弁護士のミスター・サッシャを見下ろしている。

「ごめん、ソフィア。僕が久しぶりに会うソフィアを抱いていたいから、少しだけこのままでいさせてくれないかな」

そんな言い方はずるい。

真っ赤になったソフィアは、つん、と鼻を上向かせて、ませた口調で言う。

「カイルお兄さまがそんなに言うんなら……いいわ。レディにすることじゃないけど、でも、わたしたち結婚するのですものね！」

背が高い青年の腕に抱かれたままで、子ども部屋に向かうのは新鮮だ。

カトル・ラントレーは昔ながらの領地屋敷で、子どもには十分すぎるほど広い。ぐるりと吹き抜けを囲む階段を上り、自分の部屋に駆けあげると、ソフィアはいつも息切れをしていた。けれども、今日は余裕であたりを見渡せる。

高い天井がいつもより近いし、廊下の壁に設置されている燭台にも手が届きそうだ。屋敷のなかにはすでに電気が敷かれていたが、ところどころには、まだランプを使う部屋が残っているのだ。

あちこちに目を移らせているうちにあっというまに、ソフィアの部屋に着いた。

「あそこの机の引き出しよ」

自分の支配する場所に戻ってきたソフィアが足をじたばたさせると、カイルは意図を察して、少女を床に下ろした。

伯爵家のひとり娘に与えられた部屋は、子ども部屋にしては広い。

続きにきちんとした居間があり、大きくなっても、家具を変えれば淑女の部屋として十分使える。その事実ひとつとっても、伯爵夫妻の娘に対する深い愛情が感じられて、カイルはひとときと、目頭を押さえた。

「僕が……ソフィアをお守りします。伯爵」

祈るように呟《つぶや》いた言葉は、わずかに離れた場所で机の引き出しを探るソフィアには届かない。

「カイルお兄さま、なにか言いました？　あ、あった！」

ソフィアは革の書類入れを奥のほうから取り出すと、たたたっと軽い足音を立てて、カイルの元に持ってきた。

「はい、これよ」

カイルが応接セットのほうへ向かい、明るい場所で書類入れを開くと、昔作ったままの、結婚契約書が出てきた。

きちんと仕舞《しま》ってあったからだろう。インクは色あせていなくて、紙も綺麗だ。ほんの最近作ったと言っても通じそうなほど。

契約書に書かれた伯爵のサインを見て、カイルは耐えきれずにまた目頭を押さえた。

「どうか……したの？　具合が悪いの、カイルお兄さま？」

小さな手に触れられて、はっと我に返る。

「ごめん、そうじゃないんだ。まさか、伯爵から受けた恩義をこんな形で返すことになるとは思ってなくて……みっともないところを見せてしまったね」

そう言うと、カイルはまた、結婚契約書を丁寧に書類入れにしまった。今度は手をつないで書斎に戻りながら、カイルは種明かしをする。

「実は、この結婚契約書を作成したのは、ミスター・サッシャでね。君の叔父さんから財産についての問い合わせがあったとき、すぐに私に連絡をくれたんだ。『君は、ソフィアの配偶者じゃないのか』って……どうやら、彼はあの契約書が近い将来出されるものだと思って、作成したらしい」

ソフィアには難しくて、それがどうして『父親から受けた恩義を返す』ことになるのか、よくわからない。だから、ただ黙ってカイルの話を聞いていた。

「ミスター・ドラジェが裁判を起こす前に、この契約を本物にすれば、ソフィアの権利は失われない。結婚していれば、成人と見なされる法律があるからね。君は一時的な爵位継承者となり、最終的に君に男児が生まれたら、すべての権利を受け継ぐことができるんだ」

「わたし、この屋敷から出て行かなくていいの？」

カイルの難しい話を、ソフィアはそう結論づけた。

「そう……そういうことだよ。だからカイル兄さまとの結婚を受け入れてくれるね」

「もちろんだわ！　だってソフィアはずっとカイルお兄さまと結婚するつもりだったんだもの。なんの問題もないわ」

それは確かだ。突然、両親がいなくなり、さっきまで生家を追い出されるかもしれないと怯《おび》えていたのに、大好きなカイルお兄さまと結婚できて屋敷にも残れるなんて。

ソフィアの気分には天と地ほどの違いがある。

書斎に戻って、弁護士のミスター・サッシャが書類を確認しているうちに、カイルは執事に馬車の用意をさせたようだ。手をつないで、玄関へと向かう。

「なにもなくて、ごめん……ソフィア。だが、いつか君が本当の結婚をするときには、僕が伯爵の代わりに目映《まばゆ》いばかりのドレスを用意してあげるから……許しておくれ」

そう言いながら、カイルは馬車のなかで白いベールをソフィアの白金色の髪にかぶせてくれた。急いで作らせたのだろうが、ベールの上に花冠を飾ったソフィアは十分愛らしい。ウェディングドレスはなくて、まだ黒い喪服を着たままだったとしても。

馬車を降りるのにも、花婿に抱かれなければいけない花嫁は、カイルの腕のなかで祭壇を見上げた。

「こんな小さな聖殿で聖爵の結婚式を執り行うことになるなんて……聖獣レアンディオニスのお導きでしょうか」

フェリス伯爵領地内の聖殿だ。

司祭はもちろんソフィアのことを生まれたころから知っているし、現在のフェリス伯爵領を取り巻く状況を理解しているらしい。

この密《ひそ》かな企《たくら》みに賛同して、結婚式を執り行ってくれた。

「確かにこの方法なら、フェリス伯爵領もソフィアさまも守れるでしょうしね。喜んで片棒を担がせていただきますよ」

そう言うと、司祭は炎が揺れる燭台を、大きな水盤の上で揺らす。

水面に花びらを散らすと、波紋に火の明かりが反射し、その光の揺らめきが、高天井を持つ祭壇を幻想的に見せていた。ソフィアはほぅっと感嘆の息を吐いて、水盤の輝きが広がるのに見入ってしまう。

司祭は手に詩篇をまとめた聖典を持ち、それを祭壇の上に置くと、カイルに目で促した。

「カイルは婚姻の秘跡《ひせき》の授かり方はご存じだと思いますが……こちらに手を置いてください。ああ、ソフィアには台がないと無理ですね」

フットチェアかなにかだろうか。ミスター・サッシャが持ってきた台の上に、カイルが腋窩に手を入れて少女の体を抱きあげる。

ソフィアは一瞬高くなった目の高さに慣れないように、きょろきょろとあたりを見回したけれど、言われるままに、聖典に手を伸ばした。司祭はそれでいいとうなずいて、厳粛な面持ちで式を進める。

「これは聖獣レアンディオニスへの誓約です。ただし、ソフィアはまだ九才なので、法律に基づき、すぐに正式な婚姻はできません……契約書の裏書きのとおり、十八才になるまでは白い結婚とします。それでいいですね？」

司祭の説明に、カイルと弁護士が小さくうなずく。ふたりがいいと言うなら、ソフィアはもちろん構わないのだけれど、聞き慣れない言葉に首をかしげた。

「『裏書き』ってなに？」

「契約書に付け加える条項だよ。内容は契約書に準じて扱われるんだ。今回のように片方が幼い結婚では、特に重要なことだからね」

さすがは弁護士だ。ミスター・サッシャがすらすらと答えるのを聞いて、ソフィアはわからないながらも納得した。

ごまかさず説明してくれたことで、安心したというのもある。

「天は青く高く、地に花が咲き、世界は聖なる祝福に満ちる。聖獣レアンディオニスが翼を広げて降り立ったこの地で、また一組の愛《いと》し子《ご》らが婚姻の誓いをご奏上申しあげます」

聖獣の像に向かって、司祭が前口上を読みあげたのに続いて、カイルが契約書の言葉を口にする。安心させるようにソフィアに笑いかけながら。

「私、カイル・イェンス・ローグナーはソフィア・ヨーレン・フェリスを妻とし――」

響きのいい低い声が、聖殿の高天井にこだまして朗々と響き渡る。

久しぶりに聞く、低く高く謳うようなカイルの詠唱。

その響きを聞くうちに、ソフィアは本当に自分の大好きなカイルと結婚するのだと胸がいっぱいになった。

父母の死や、心ない親戚の言葉に傷ついていた心を、カイルの声が癒やしていく。

「たとえ空が落ち、地が割れ、海が涸れようとも、この誓い破らるることなし――互いに息絶えるその日まで」

――そうだ。この言葉をあのとき、お父さまが聞かせてくださったのだわ……。

『最大級の誓いだぞ？』

フェリス伯爵は茶目《ちゃめ》っ気《け》たっぷりに言って、ソフィアを騙したのだ。

そのときの父親のどうだと言わんばかりのしたり顔を、ソフィアははっきりと覚えている。

「たとえ空がおち……地がわれ、海が、かれようとも……このちかい、やぶらるる……ことなし、えっと——互いにいきたえる、その日まで……」

ところどころは、司祭に助けてもらわないといけなかったが、どうにか最後まで言いきると、カイルがソフィアの前に跪《ひざまず》いた。

「僕はソフィアが大好きだよ。君に誰よりしあわせになってほしい……かわいいソフィア」

そう言うと、ソフィアの顔にかかっていた白いベールをあげて、額にチュッとキスをした。

そして、ソフィアの唇に人差し指を当てると、

「本当のキスは君が大きくなってから、いちばん大好きな人とするんだよ？」

そう言って笑う。でもソフィアは意味がわからなくて、首を傾げてしまった。

「ソフィアは、カイルお兄さまがいちばん大好きよ？」

それは心からの言葉だったのに、カイルは悲しそうな笑みを浮かべるだけだ。

司祭はふたたび水盤に向かい、今度は小さな鈴を鳴らした。チリンチリンという澄んだ音が天井高い聖殿に響きわたり、ソフィアは思わず、「わぁ」と感嘆の声をあげた。

「誓約は謳われ、聖獣レアンディオニスに届き、誓いは成された——ここに、カイル・イェン

ス・ローグナーとソフィア・ヨーレン・フェリスの婚姻を認めます」

　そう言ってもう一度、鈴の音をチリーンチリーンチリーンと三回鳴らすと、儀式は終わりのようだった。

　カイルはソフィアを抱きあげながら立ちあがると、司祭に「ありがとうございました」との言葉を伝えている。

「じゃあ、司祭さま。あとはお願いします。まだミスター・サッシャと片付けなきゃならない問題が山積みで……」

「それはそうだろうな……気をつけなさい。ミスター・ドラジェは悪い連中とつきあうようになって、兄のフェリス伯爵が跡を継ぐことをひどく嫉《そね》むようになったのだ。私も彼の勘当の書類で証言したからよく覚えているよ……」

　司祭は忌まわしい過去だと言わんばかりに手を組み、祈るような仕種《しぐさ》をしながら、ひどく険しい顔になった。

「あれはもう、ひどく性根が曲がって、どうしようもない男だ。ソフィアをよく守ってやりなさい」

　その司祭の忠告が正しかったとわかったのは、しばらく経ってからだ。

　青の聖爵としての領地を持つカイルは、ソフィアをひとり領地屋敷に残して、自分の聖殿に戻らなければならない。

使用人もいるのだし、大丈夫だろう。そんな考えは甘かったとすぐに思い知ることになる。

街でソフィアは攫《さら》われかけたのだ。

聖殿へ礼拝に来たときのことで、手薄なところを連れ去られた。

さいわい、近くにいた子どもが声をあげて、主要通路をいち早く封鎖したおかげで、すぐに発見できたが、こんな強硬な手段に出られるとなると、ソフィアをひとりで領地に置くのは危険だという話になった。

かといって、カイルが暮らす聖殿に連れていっても、聖爵の仕事をしているあいだは面倒を見られない。聖殿は子どもを預ける場所がないから、目を離した隙にまたさらわれるかもしれない。

カイルはさんざん悩んだあげく、ソフィアを、屋敷のものにも行き先を告げず、遠くの寄宿舎学校へ行かせることにした。

「ソフィア……ごめん」

「カイルお兄さま?」

「君の権利を守ってあげる代わりに、君をひとりにしないといけない……ごめんね」

カイルはぎゅっとソフィアを抱きしめて、震える声で言った。

その日を最後に、ソフィアは八年間、カイルの顔を見ることはなかった。

第三章　嫉妬に狂う聖爵は初めてを奪う

涙に濡《ぬ》れた最後のキスを、ソフィアはいまもはっきりと覚えている。

やさしくて厳しいカイル。

彼がきっぱりと言うからには従わなければいけないのだと、両親を亡くしたソフィアは理解するようになっていた。

カイルと別れたくないと言って駄々《だだ》をこねていたソフィアはもういない。かわりにわがままをぐっと飲みこんで、自分の後見人となった青年に笑いかける。辛い出来事のせいで、ソフィアの甘やかされた子ども時代は急に終わってしまったのだ。

「……カイル……お兄さま」

うっすらと目を開いて、ここはどこだろうと考える。

カラーンカラーン……と鳴っているのはどこの聖殿の鐘だろう。鐘の音というのは同じなようで、微妙に音色が違うのだが、いま聞こえる音は馴染みがない。しかも、視界に移る場所もわからない。

寮の部屋とも生家の子ども部屋とも違う、真っ白な漆喰《しっくい》壁に覆われた部屋。

「ああ、そうか……ここはセント・カルネアデスだっけ」

少しずつ目が覚めて、自分がなにをしているのかを思い出した。

ソフィアは、なぜカイルが離婚すると言いだしたのか、聞かなくてはならない。

両親を亡くしたあと、ソフィアにとってたったひとり残された親しい存在がカイルだ。

大切なひとを、ソフィアはもうこれ以上、失いたくない。

「だからこそ、頑張らなきゃ！」

自分の頬を両手ではたいて気合いを入れると、ソフィアは寝間着を脱いで侍女の服に着替えはじめた。

「愛人よ……愛人でもいいんだから……」

ぶつぶつと口のなかで繰り返しながら、エプロンのような白い布に金糸の刺繍が施された布を胸から膝まで垂らす。聖殿の女性修士の服に雰囲気は似ているが、ペチコートでスカートをふんわりと膨らませたドレスはもっとかわいらしくて、ソフィアはすっかり気に入っていた。

「帽子をかぶって……これでよし」

もし、カイルがほかの誰かを好きでも、ソフィアを抱いてしまえば白い結婚は終わる。ソフィアは名実ともにカイルの妻になれるのだ。

「カイルお兄さまを騙すような真似《まね》はしたくないけれど……仕方ないわ」

そう決意して働きはじめると、新しい環境に慣れるのは早かった。

なにせ、セント・カルネアデスの聖殿は忙しい時期を迎えていて、次から次へと仕事がやってきたからだ。

「フェリシア、文字は読めるね？　この計画書を各所の担当者に渡してきて欲しい」

そんなふうに、カイルから地図と書類箱を渡され、ソフィアは聖殿のあちこちを歩き回る。

聖殿の敷地全体は広い。

建物だってどれぐらいあるのか、ソフィアは知らない。

渡り廊下をいくつ渡ったのかわからなくなり、近くを歩いていた人に「ここはどこですか？」と何度尋ねたことか。

さらにいうならカイルの執務室からいちばん端にある鐘楼まで行って帰ってくると、あっというまに午前中が終わってしまう。そんなわけで最初のうちは道に迷ったり、効率の悪い歩き方をしたせいで、満足にお使いの数をこなすことができなかった。

お使いを頼まれてただ歩き回ることが、こんなに大変だとはこれまで働いたことなどないソフィアはこれまで知らなかった。

――これは確かに手伝いが必要なわけよね……。

修士のハンスもカイルの指示でひっきりなしに出かけており、ソフィアが敷地内を回っているうちに、聖殿の外にお使いに行っているらしい。

祝祭の準備は、聖殿のあちこちに聖爵の指示を通達するだけでは終わらない。

遠方への連絡のいくつかは電話で済ませているとのことだが、電話線を引いていない地域もあり、連絡の大部分は手紙で届く。

青の聖爵宛ての手紙は毎日山ほど届き、個人的な手紙を選別してカイルに渡し、招待状の返事を典礼官のところへ持っていくのもソフィアの仕事だ。典礼官は祝祭の式自体を進行する人で、その日どの時刻に聖殿のどこでなにをするのかを詳しく知っている人なのだと言う。

祝祭の儀式に関する準備は聖殿の司祭が進めている一方で、聖爵は聖職者でありながら貴族でもある。

近隣の上流貴族を招いてのつきあいがあり、大きな祝祭では貴族流の夜会も開くのだという。だというのに、セント・カルネアデスの聖殿には、貴族が雇う執事や家令に相当する役割を担う上級使用人がいないのだ。

いるのは、指示されて動く下級使用人ばかりだ。いくら家令の代わりに修士や司祭が城館の仕事にまで関わっていると言っても限界があり、大部分の仕事はカイルの肩にかかっている。

――これは、カイルお兄さまが忙殺されるはずだわ！

カイルが八年ものあいだ、ソフィアに会いに来てくれなかったのは、聖エルモ女学院が遠かったこともあるけれど、やはり忙しかったのだろう。

馬車と汽車と船を乗り継いで、学院からセント・カルネアデスまで来るのに六日かかった。

面会のための時間なしで往復十二日間。

聖爵としての職務を考えたら、そんな時間をとれるわけがない。

「でもそれなら、わたしに『会いにおいで』と言ってくれればよかったのに」

カイルと結婚した九才のときならともかく、いまのソフィアは十七才。

ひとりでこうやって旅して自分の旦那さまに会いに来るぐらい、なんということはない。

「それともやっぱり……わたしと会いたくはないのかしら?」

考えてもキリがないけれど、柱の陰をなんども通り過ぎながら大回廊を歩くとき、聖殿の大聖堂を通り抜けるとき、ふと考えずにはいられなかった。

すぐそばにいるのに、カイルの気持ちがわからないままでは、自分がソフィアだと明かすことも怖い。ため息をついて歩くけれど答えは出ない。

「でもカイルお兄さまの口ぶりでは、わたしのことを嫌っているようには思えなかった……」

だからきっと大丈夫。そう言い聞かせるソフィアの髪を、窓から吹き込んだ風が揺らし、少女は顔をあげた。

セント・カルネアデスの聖殿は長い歴史がある。

三百年前に建てられてから増築を繰り返し、いまとなっては、見る人を圧倒する壮麗な建物群と化した。

その内部はいたるところに華麗な装飾が施され、また釣り鐘型の飾り窓が織りなす光と影のコントラストが美しい。あちこちの壁に羽を広げた聖なる鳥――聖獣レアンディオニスとその伝説を物語にした浮き彫りがあり、歩きながら詩篇を目で楽しめる。

聖獣が現れ、魔王と戦い、勝利の果てに人の世界ができる。

詩篇の詠唱で馴染みの場面だけれど、精緻な浮き彫り《レリーフ》で生き生きと描かれていると、まるでその場面を本当に目の当たりにしているようで、ソフィアはつい見入ってしまう。

「昔、カイルお兄さまに聞かせてもらった詩篇の浮き彫りもどこかにあるかしら」

傷ついた鳥を拾い、少女が世話をしてあげる叙事詩があり、ソフィアはその詩篇がたいそうお気に入りだった。

ソフィアの生家、フェリス伯爵家の領地屋敷カトル・ラントレーには、貴族の屋敷によくあるように小さな聖殿があり、そこで礼拝が開くことができるようになっていた。幼いソフィアは何度もそこでカイルにその詩篇を強請《ねだ》ったものだった。

「懐かしいなぁ……」

――カイルお兄さまにひそかにお願いできないかしら……。

そんなに有名な詩篇ではないから、カイルと会わなくなってから詠唱されるところを聞いたことはない。

けれども思い出してしまったら、無性に聞いてみたくなる。

そうやって感傷に浸りながら浮き彫りを眺めているうちに、ソフィアの足は止まっていたらしい。高い鐘楼からカラーンカラーンと刻《とき》を告げる音が響いて、はっと我に返った。

「あ、中天の祈りの時間！　猊下《げいか》のお支度をしなくては！」

鐘の音が響いてきたのを聞いて、ソフィアは足を速めた。

どんなに急いでいても、回廊では走ってはいけない。城館にはいくつか使用人専用の通路があるのだが、造りが古い聖殿は聖職者用の建物で、使用人通路がないのだ。人前で裾をからげて走るようなみっともない真似はできない。

それでも、できる限り急いで執務室の扉を開くと、ソフィアは書類を読んで没頭しているカイルに叫んだ。

「猊下、中天の祈りの準備をなさってください！」

昔っから、集中しているときにカイルが物音が聞こえなくなる性質《たち》なのは知っている。だからソフィアは、祈祷《きとう》用の聖典を手にとると、カイルが文字を書き終えたところを見計らって、強く肩を揺さぶった。

「カイルさま、お時間です、急がないと、礼拝に遅れてしまいます！　さ、ペンを置いて、聖典を持って、大聖堂に向かってくださいませ」

呆気《あっけ》にとられた様子のカイルを席から立たせて、ぐいぐいと扉のほうへと押しやる。

聖殿にいるからには祈りの時間は絶対で、特に中天と夕刻の祈りは欠かせないから、この聖殿の長である聖爵が遅れるなんて、示しがつかない。

ハンスからもこの点は十分注意を受け、「多少乱暴な手段をとっても、カイルさまを聖殿によこしてください」と念を押されていたのだ。

「フェリシアは……かわいらしい顔をして、なかなかに手厳しいな」

苦笑しつつフェリシアと呼ばれたソフィアは、かわいらしいなどと言われて頬を赤く染めながらも、苦笑するカイルの肩掛けの乱れを直す。

「いってらっしゃいませ」

聖職者ではないソフィアは、祈りに参加する義務がないから、カイルが部屋を留守にした隙に、掃除をするつもりだ。書類整理をしておかないと、すぐになにがどこにあるかわからなくなるし、人手が足らなくて本当に忙しい。忙しすぎる。

「もっと人を雇うべきだわ……それとも、そんなお金はないのかしら？　でもそれなら、夜会なんて開けないわよね」

ソフィアは掃除道具を用具入れから出しながら、ぶつぶつと独り言をいう。

——そうだ。手紙を書いて、ハルカに聞いてみようかな。

白の聖爵の孫であるハルカなら、セント・カルネアデスの聖殿が人手不足かどうかわかるかもしれない。

「みんな、どうしているかな」

聖エルモ女学院は、現在夏期休暇中で、どの生徒も実家に帰っている。別れるときに実家の宛先をお互いに教え合い、アドレス帳に書きつけてきた。

上流階級の子女だろうと、友だちとのつきあいは市井の娘と変わらないのだ。

学院のことをひとしきり思い出したソフィアは、感傷はさておき、執務室の床を掃いて、やってきた郵便の仕分けをする。机の上を片付けて郵便物を置こうとしたところでふと、机の端に新聞があることに気づいた。

「そういえば、ずっと新聞を読んでいないのよね」

――礼拝の時間だから、城館に人はいないはず……。

ソフィアはあたりをうかがうようにして、新聞を開いた。

「どれどれ……鉄道の延長、主な聖殿における八月の祝祭の日程、それからっと……あ」

『青の聖爵の離婚、秒読み!?』という見出しを見つけて、ソフィアは笑顔を引き攣らせる。

聖ロベリア公国は聖獣レアンディオニスを信仰する宗教国家だ。

当然のように新聞でも聖殿に関する記事が多く、なかでも聖爵の話題は人気が高い。おそらく法王猊下と違い、俗世との関わり合いが強いせいだろう、まるで人気役者かなにかのように憧れる市民がいるのだ。

特にいまは、青と赤の聖爵が若くて見目麗しいとあって、このふたりに関する記事はほとんど毎日のように載っている。

学院でも新聞をとっていたし、ソフィアが青の聖爵の妻だと知られていたから、ほかの女性との噂話が載るとみんな心配して知らせてくれた。もちろん、なかには悪意を持って知らせてくる人もいて嫌な思いもしたけれど、それでも遠く離れて暮らすカイルの記事を、ソフィアは食い入るようにして眺めたものだった。

いまももちろん、一面の見出しを斜め読みした次は三面を開く。三面はゴシップ記事を載せているからだ。

『青の聖爵に離婚の噂。夏の祝祭は令嬢たちとのお見合いの場となる⁉』

聖爵に関する記事に目を通したとたん、指先に力が入り、ぐしゃっと紙に皺《しわ》が寄った。

「お見合いの場ですって……冗談じゃないわ」

怒りで手が震えるけれど、どうすることもできない。

──わたしだって、もう子どもじゃないんだから……。

釈然としないのは、お見合い相手と目されている相手が十六才から二十才までと、ソフィアと大して違わない年齢なことだ。

──いくらカイルお兄さまがわたしのことをずっと子ども扱いしていたからって、これはひどいじゃない。

唇を尖《とが》らせて、新聞を折りたたむ。

「かといって、使用人の身では夜会に出られるわけがないし……」

ふうっとため息を吐いて、掃除に戻ろうとしたところで、入り口に立つ背の高い人影に気づいた。カイルが祈りの義務を終えて、執務室に戻ってきていたのだ。

「げ、猊下⁉」

驚くあまり声をひっくり返らせるソフィアをよそに、カイルはその長い足で部屋を横切ってくる。

「ああ、ただいま。悪いね、書類を整理してもらって……とても助かるよ」

「い、いえ……とんでもございません。まだまだいたらないことばかりで……いまもその、申し訳ありません」

独り言をどこまで聞かれたかわからないが、使用人が勝手に新聞を読んでいたことも問題があるだろう。そう思ってさげた頭に、ぽんぽん、と大きな手を乗せられた。お仕着せの帽子が軽い音を立てる。

「新聞を読んでいたことなら構わない。いつでも読みたいときに読むがいい。フェリシアはよく働いてくれているし……助かっている。なにかご褒美でも出してやろうかと思っているくらいだ」

「ご褒美だなんて、とんでもないです！　ちゃんとお給金もいただいてますし……」

そんなに褒められるような働きをしているのだろうか。ソフィア自身には、よくよくわからない。ただただ、一所懸命に働いているだけだ。

「なんだ。私を聖殿に追い立てるときの勢いはどこに行ったのだ？　女は褒美が好きなのだと思ったが……それとも、青の聖爵たる私に甲斐性《かいしょう》がないから、願いを申し出ても無駄だと思われているのか？」

くすくすとフェリシアをからかうような傲慢な笑みが素敵すぎて、目のやり場に困る。

胸が高鳴りすぎて、落ち着かない心地を抑えるように、スカートをぎゅっと握りしめた。

「そ、そんなわけございません！　ただ、突然でしたのでびっくりして……」

ご褒美をやると言われても、ソフィアの頭のなかでは「おいしいフルーツケーキをホールで食べたい！」といったくだらない願いしか、とっさに浮かばない。

飾りつけたケーキは十分贅沢《ぜいたく》なものだけれど、聖殿は普段からその贅沢なデザートがつくし、カイルが言うご褒美はこれとは違う気がする。

「なんだ。夜会に出たいと呟いていたと思ったのは、私の聞き間違いか？」

カイルは帽子に置いていた手をソフィアの髪に移して、白金色の髪がよほど気になるのだろうか、指先に弄ぶ。

「き、聞いておられたのですか！　あれはその、ちょっとした戯《ざ》れ言《ごと》で……お忘れください」

独り言を他人に聞かれることが、こんなに恥ずかしいなんて。

ソフィアはまるで自分の秘密をさらしてしまった気がして、真っ赤になって固まった。

――どこまで独り言を聞かれていたのかしら。

ソフィアだとバレるようなことを呟いてはいなかったと思うけれど、今後はもっと気をつけなくてはと心に誓う。

そんなことを考えているソフィアは、どう見えているのだろう。カイルはまた一歩ソフィアに近づいて、もったいつけた低い声を出した。

「ふむ……それとも私は、侍女が欲しがる褒美もやれないほどケチだと思われているとか？　かわいいフェリシアからそんなふうに思われていたとは……悲しいぞ」

お金のあるなしは雇っている使用人の数の少なさから疑ってもいたから、あながち間違いとも言えないけれど、

――そんなこと考えてもいませんし、口にしてませんから！

笑顔を引き攣らせたソフィアは、わずかにあとずさりしたところで、カイルが手にする聖典に気づいた。

「聖典……あ、そう！　ご褒美でしたら、猊下にしかお願いできないことを是非お願いさせていただきたいです！」

「私にしかできないこと？　ほう……申してみよ」

突然の上から目線な物言いに、ぴんと背筋が伸びる。

豪奢《ごうしゃ》な金糸の刺繍《ししゅう》がついた服装のせいだろうか。この聖殿に初めて足を踏み入れたときのカイルも、他人行儀で威圧的に感じた。

もちろん見知らぬ人間としてやってきたのだし、いまは為政者となった彼に、やさしさを期

待するのは間違っている。そうわかっていても、冷ややかな顔は怖かった。

――怖いのに……その怖い顔がまた目が離せないから、困るのよね。

胸の高鳴りを抑えながら、ソフィアはカイルの視線をまっすぐに受け止める。

「あ、あの……断章の詩篇ってありますでしょう？　そのなかの一篇を、礼拝の詠唱で拝聴したいのです。鳥と少女の詩で……叶《かな》えてくださいますか？」

タイトルはなんだっただろう？　子どものころの話だから、屋敷にあった赤い表紙がついた聖典の三分の一くらいに書いてあった詩篇といった、あいまいな記憶しかない。

けれどもさすが聖爵だ。カイルにはそれだけで通じたようだった。

「鳥と少女の詩？　断章の詩篇、第二章紫羽《しう》の記……確か、タイトルは『彷徨《さまよ》うレアンディオニス』だな……魔王との闘争で記憶をなくしたレアンディオニスが、無力な小鳥のまま瀕死《ひんし》でいると、少女に拾われるという……」

「そう、それです！　聖殿の浮き彫りでないかしらと思って眺めていたのですけど、なかなか見つからなくて……この詩篇をカイルさまの素敵な声で謳《うた》っていただけたら、わたしにとっては最大のご褒美です」

これはある意味、夜会に出るより贅沢なご褒美だ。

聖爵に好きな詩篇の詠唱をリクエストする機会なんて、そうそうあるわけがない。

手を胸の前で祈るようにしてお強請《ねだ》りすると、カイルは青い瞳をわずかに瞠《みは》った。深い夜のような瞳が色を濃くして、鋭くなる。

「ふうん……そうか。それなら、祝祭のときにでも謳おうか……よくやってくれているご褒美をやらないわけにはいくまい。金目《かねめ》のものより詩篇が聞きたいなんて、フェリシアは変わっているな」

「わぁ、本当ですか！　うれしいです。カイル……さまの詠唱で聞けるなんて……楽しみにしてますね！」

うれしくなると、うっかり「カイルお兄さま」と呼びそうになるけれど、どうにか言い直した。弾《はず》んだ声で礼を言うソフィアの頬は紅潮して、みずみずしい。

――やった！　久しぶりにカイルお兄さまの詠唱で、あの詩篇が聞ける！

くるくると執務室のなかで踊り出したいくらいうれしい。

いまにも鼻歌を歌い出しそうなソフィアの頭に、よかったなと言わんばかりにカイルはぽんぽんと手を乗せる。

「それはよかった。楽しみついでに仕事に励んでもらうことにして、夜会にも出てもらおうか」

「は？　え、とでも……あれ？」

――ご褒美で夜会に出してやるという話だったのでは……？

頭のなかを疑問符でいっぱいにして小首を傾《かし》げるソフィアに、カイルは言葉を続ける。

「これは褒美ではなく、仕事だ、フェリシア。ちょうど、パートナーを探していたところだ。ドレスを用意してやるから夜会に出席せよ。仕事ではあるが、もちろん楽しむ分には構わない」

思ってもみなかったことを言われて、今度は別の意味で固まった。

いや、もちろん出たいことは出たい。妻のソフィアとしてだったら舞いあがってカイルのパートナーを引き受けただろう。

でもいまは、使用人のフェリシアなのだ。どう考えてもおかしい。

「……………は？　え、で、でも……聖爵猊下の隣に使用人が立つわけには参りませんよ？」

「よい。本人がいいと言っているのだから、問題ない。愛人志望のフェリシアには、妻の代わりをしてもらおう。君みたいな若いお嬢さんと仲良くしていたら、離婚するという噂も真実味が出るだろうし」

なぜかうれしそうに言うカイルは、ソフィアの白金色の後れ毛に触れて、指先で弄ぶ。

――妻の代わりって……本人なんですが！

とはもちろん、声に出しては言えない。

しかも、いまのカイルの物言いが引っかかった。

「もしかして、離婚……をするために、愛人を作られるのですか？」

首を傾げるソフィアを、見下ろすカイルの笑顔はどこか怖い。整った顔に浮かぶ満面の笑みが妙にうさんくさい。思わず後ずさると、その分カイルが迫ってきて、ソフィアは窓際に追い詰められていた。

長い腕に囲いこまれ、逃れることができない。

「カイル……さま？　あ、あの……そ、そう。お昼！　昼食にいたしましょう！　おなかが空《す》いたのではありませんか？　ほ、ほら。空きっ腹だと怒りやすくなるといいますか……」

カイルの腕のなかにいる自分が信じられなくて、覆《おお》いかぶさる影になった顔から目が離せなくて、どきどきしてしまう。

思わず、どうでもいいことで気を逸《そ》らしたくなるくらいには、動揺しきっていた。

「そうだな。またフェリシアを膝に乗せて昼食をとるのも悪くないな……その口に食べさせてあげるのもいいし……どうしようか？」

――どうしようかと言われましても‼

響きのいい声で誘うように囁《ささや》かれて、腰が砕けそう。

顔は熱いし、くらくらと眩暈《めまい》がして、立っていられない――ずるずると壁によりかかったまままくずおれそうになる腰に腕を回され、片腕に抱かれるような格好になる。

「カイル……さま……」

どうしたらいいか、わからない。

恋人同士だった期間があるわけじゃないし、そもそもカイルが自分のことを好きかどうかもわからないまま結婚してしまった。

——もし、普通に年頃にカイルお兄さまと出会ったのだったら、こんなふうにどきどきしながら抱かれたり、キスをしたり……されたのかしら？

ふっと潤んだ瞳で、カイルを見上げたのは、たぶん無意識だった。

「君はかわいいだけじゃなくて、邪悪なほど無防備だな……フェリシア……」

低い声がやけに冷ややかで、ぞわりと耳朶《じだ》を震わせる。

ソフィアがぶるりと背筋を這《は》いあがる怖気《おぞけ》を怺《こら》えているうちに、カイルの顔が降ってきた。

キスされていた。覆いかぶさるようにして。

「ん、ぅ……」

唇を押しつけるだけのキスのあと、一度離れて、啄《ついば》まれるようにふたたびキス。

結婚式のときには額に軽いキスをされただけだから、これがソフィアにとっての初めてのキスだった。

カイルの冷たい唇で上唇を抓《つま》まれて、下唇を引っ張られて、舌ですぅーとなぞられると、腰の奥がぞわりと震えあがる。自分でも、自分になにが起きているのかよくわからないまま、カイルの唇と舌に弄《もてあそ》ばれていた。

「ん、やっ……待って、猊下……ふぁっ……んぅ」

なんで唇を嬲《なぶ》られているのに、腰の奥が熱くなるのだろう。ソフィアは自分で立っていられなくて、カイルの腕に体を預けるしかなかった。

「私を堕落させる可憐《かれん》な唇だ……君自身と同じように、無垢《むく》なまま男に近づいて誘惑するなんて……こんなに私を弄んで……悪い女だ」

「わ、わたし……誘惑なんてしてな……い……んんぅっ」

掠《かす》れた声で言い訳するそばから、また唇を押しつけられる。

「それは嘘《うそ》だな……かわいいフェリシア。男はね、ときにマレーヌのようにわかりやすく迫られるより、無防備で無垢なものほど、手折りたくなる生き物なんだ……男を落とす誘蛾灯《ゆうがとう》のようだよ、君は……ん……」

──カイルお兄さまは、なにを言ってるの？

頭のなかの冷静な部分が困惑して固まる一方で、ソフィアは初めてのキスに蕩《とろ》かされてしまっていた。

会えないでいるあいだに、カイルとのキスを何度も妄想していた。

もう一度、大きくなってウェディングドレスを着て結婚式を挙げたいとか、そのときこそ、本当の誓いのキスをするのだとか。

学院にいた親しい友人たちはみんな高位貴族か金持ちの子女だったから、結婚するまでは当然のように純潔を守り、キスを知らない。

そんななかで、結婚して人妻になっていたソフィアはある意味、彼女たちにとって英雄みた

いなもので、キスについても聞かれていた。

友人に詰め寄られたときのことだ。

「ソフィアは青の聖爵とキスしたんでしょう？　どうだった？」

そんなことを、キラキラとした目で聞かれて、返答に窮したこともあった。

友人相手に気取っても仕方ない。けれども、そうわかっていても、自分は大好きなカイルと結婚しているのだというプライドもあり、知らないとは口にできなかった。

「べ、別にあんなのなんということはないわ。普通よ、普通」

なんて、経験者ぶったことを言ったあとで、ソフィア自身どんなものが知りたくなって、こっそりとロマンス小説を読みあさったりもした。

その、記念すべき初めてのキスが、まさかこんなに唐突にやってくるなんて、ソフィアは夢にも思っていなかった。

「ん、あ……あぁ……ん、むぅ」

角度を変えてまた唇を押しつけられると、どうしたらいいかわからなくて息苦しい。

なのに、カイルの手がいとおしそうな手つきで頬を撫《な》でるから、その愛撫《あいぶ》に騙《だま》されて、拒絶できない。

次第に体も強く抱きしめられて、ソフィアはうっとりと目を閉じてされるままになっていた。

すると、なにを思ったのだろう。

カイルはソフィアの体を持ちあげると、腕に抱きあげてしまった。ソフィアだと知られていないはずなのに、子どものころよくされたように、右腕の上に抱えあげられた格好だ。

いきなり視界が高くなって、くらりと眩暈がする。

「げ、猊下！　子ども扱いはやめてください！　わたしはもう大人なんですよ⁉」

こんなこと、普通は女性にしない。子ども扱いだと唇を尖らせて怒るソフィアを、カイルは静かな笑みを浮かべて受け流してしまう。

「なんだかフェリシアを見ていると、妻を思い出して腕が淋《さび》しくてね……こうやって幼い妻をよく腕に抱きあげたんだ」

そんなふうに言われると、無理やり暴れて下ろさせるのも気が引ける。そもそも本人なのだから、ソフィアだってカイルの腕に抱かれたことに思い入れがあるのだ。

でもやっぱり、十七才にもなって、しかも金糸の肩掛けをつけた堂々たる美丈夫の聖爵猊下に抱きあげられるのは、正直言って恥ずかしい。

「こんな格好を誰かに見られたら、わたし……」

――恥ずかしくて死んでしまいそう。

そう口にしようとしたそばから、執務室の扉が開いた。

「カイルさま、祭りの衣装の仮縫いができたそうなんですが、どうされます？」

ハンスがそんな問いかけとともに部屋に入ってくる。もしかするとノックしていたのかもしれないが、ソフィアは気づかなかった。

「ああ……そうだな。実はフェリシアに夜会でのパートナーをしてもらえないか頼んでいたのだ。ちょうどいいから、こちらからマダム・エリスの店に出向くことにしよう」

「そうですか、じゃあ馬車の用意をしましょうか。その前に、こちらの書類は祭りの日の聖殿と城館の警備計画です。特に礼拝の時間は手薄になりますので、必ず確認なさってください」

ハンスはカイルに抱きあげられて真っ赤になったソフィアをちらりと見ただけで、まるでなにごともなかったかのように話を続けている。

せめて、どうしたんですか、とか、なんで抱きあげられているんですかとか突っこんで欲しいとソフィアは思う。

初めて聖殿にやってきたとき、なんでマレーヌがカイルにしなだれかかっているところを誰も突っこまないのかとソフィアは憤っていた。

——でも、違うのかもしれない……。

ソフィアはこの聖殿で仕事するうちに、その可能性に気づいた。

聖職者であるカイルとハンスは、女性に関する感覚が少しずれているのではないかと。

——だからって、この状況はいやぁぁぁ……⁉

羞恥心のあまりカイルから逃れたくて、腕のなかで身をよじるものの、がっしりとした腕はびくともしない。

しかも、変な落ち方をしたら怪我《けが》をしそうだし、暴れすぎてカイルに怪我をさせるのも怖い。ソフィアのかわいらしい抵抗を、カイルが蕩《とろ》けそうな顔で眺めていることに気づく余裕さえない。

「それにしても、カイルさまがフェリシアを気に入られてよかった。気に入らない侍女に無理難題を言って追い出してばかりいるから……ようやく僕の仕事も楽になりましたよ」

手にしていた書類を、急ぎのものが上になるように机の上に並べて、修士のハンスはやれやれと言うように安堵の息を吐いている。

「気に入られて……これが……⁉」

だからキスされたり、腕に抱えあげられているんだろうか。意味がわからない。

なにか言い返さなくてはと口をぱくぱくさせているうちに、ソフィアを腕に抱いたままカイルは歩きはじめてしまった。

「急いでフェリシアのドレスを作らせないといけないから、行こうか」

「えっえっ……ちょっと、猊下。待ってください、このままですか⁉　わたし、この格好は嫌ですー！」

カイルの腕の上で暴れるソフィアをよそに、ハンスはにっこりと笑って手を振る。

「いってらっしゃいませ」

そのままソフィアは城館の廊下を連行されるしかなかった。

セント・カルネアデスはソフィアがいままで訪れたなかでももっとも大きな街だ。

古くからある聖殿を中心に、放射線状に街が広がり、堅牢《けんろう》でいて華やかな装飾が施された石造りの建物が街の目抜き通りに並んでいる。

石畳の両脇に並ぶガス灯には、魔獣の飾りが施されていて、目に楽しい。

四階建てにもなる建物がどこまでも続くような大都会に、ソフィアはこれまで来たことがなくて、至るところに施された、聖典に縁がある浮き彫りを目で追いかけるだけで、胸がいっぱいになる。

聖ロベリア公国は聖殿の支配で安定して繁栄しており、近年は蒸気機関車などの新しい技術も取り入れている。

しかし、聖獣の精緻な彫刻や浮き彫りを見ると、やはりその根底は聖獣レアンディオニスへの信仰の歴史があっての繁栄なのだと実感する。

さらにいうなら、この美しい信仰の街を、聖爵猊下の馬車に乗って眺めているせいで、より街の歴史の偉大さを感じずにはいられなかった。

青の聖爵は、このセント・カルネアデスの信仰の威光を一身に体現する存在だ。

† † †

この街の支配者でもあり、聖典を伝える伝道者でもある。

ソフィアと同じように馬車の窓から街を眺めるカイルの横顔を盗み見れば、その整った顔は静かな笑みを浮かべていた。

手が届くくらいそばにいるのに、その静謐《せいひつ》な顔がやけに遠く感じる。

——カイルお兄さまは……もう私の知るカイルお兄さまじゃないのかもしれないわ……。

やがて馬車が止まり、カイルに手をとられながら外に出ると、なおさらその気持ちは強くなった。

「いらっしゃいませ、猊下。ご足労をおかけして申し訳ありません。お話はうかがっておりますので、こちらへどうぞ」

どうやら馬車の用意をさせるとともに、先触れを出していたらしい。店の前で馬車を降りるなり、店長とおぼしき女性が出迎えてくれた。

店のなかに入り、ソフィアがカイルとは別の部屋に連れられると、夜会のドレスを着たマヌカンがずらりと並んでいた。

「ちょっとこちらにおいでください……あ、おまえ。猊下の連れの方の帽子をとって……そのお仕着せは脱がせてちょうだい」

「え、え……ちょっと待って」

この店の女主人らしい女性は、自分の長いスカートの裾をつまんでソフィアの周りをぐるぐると歩き回りながら、お針子に素早く指示を出す。

なにがなんだかわからないでいるソフィアはあっというまに服を脱がされて、このところずっと身につけていなかったコルセットを締められる羽目に陥っていた。苦しさのあまり、悲鳴のような苦情が漏れる。

「痛いです、マダム！　もう少しお手柔らかに願います！」

「なにをいうの。もっと締められそうよ、このお嬢さんの腰は。手足が長くて、衣装映えしそうだわ……猊下のパートナーにふさわしく着飾らなくてはね」

聖爵という権力を前にしてのお世辞だろうか。

衣装映えがするという言葉が本当ならいいのだけれどとソフィアは苦笑いする。店の女主人の迫力に気圧されて、されるままになるしかない。

いろんなドレスを合わせせられたあげく、白いジョーゼットのドレスが聖爵の祭りの衣装と合うだろうということになった。

「猊下、こちらのドレスでいかがでしょう？　ほら、こうやって髪を結いあげましたら、とても雰囲気が変わって素敵になりますわよ」

店の女主人マダム・エリスは、そう言ってソフィアの髪をあげて、ヘアピンで留めてみせた。

ずいっとまるで人身御供《ひとみごくう》かなにかのようにカイルの前に差し出され、ソフィアは真っ赤になって固まった。

カイルは深い青の貫頭衣に白い頭巾と、いつもより長く、装飾が多い肩掛けを纏《まと》っていた。

普段の装いより金糸の刺繍が多く、他国でいうところの王侯貴族に勝るとも劣らない豪奢な佇《たたず》まいだ。直視しているのが耐えられないほど神々しい美丈夫ぶりに近づかれて、ソフィアは言葉を失う。

「ほう……確かに、マダム・エリスの言うとおり、髪をあげるだけでずいぶんと大人びて見えるな……当日は化粧と美容師の手配も頼む」

「はい、かしこまりました」

ぽーっとしてカイルに見蕩《みと》れるソフィアをよそに、カイルは店のものと話を進めていく。

早くから祭りの衣装を用意していたカイルと違い、ソフィアのドレスは既製服だったから、衣装の採寸を合わせて後日、持ってきてくれることになった。

「祝祭は人が多いし、かわいいフェリシアといるところをたくさんの人に見せつけないとな」

帰り際の馬車でそんなふうに言われると、ソフィアは複雑な気持ちになる。

――つまりわたしと離婚するために、フェリシアと仲よくする……そういうことなのかしら。

でも、フェリシアとして考えたとしてもよくわからない。フェリシアに対するカイルの態度は、ただのお芝居というには、ときどき行き過ぎている気がするのだ。

――カイルお兄さまは、いまここにいるフェリシアのことをどう思っているの？

ソフィアがそんな疑問を抱いて過ごしているうちに、あっというまに祭の日がやってきた。

夏の大祭は三日間に渡って祝祭の行事が行われる。

祭りのときには国内外のあちこちから商人が集まりはじめ、街の大路には市が立つ。

ソフィアは隙を見て市を冷やかしながら、はじめての祭りを楽しんでいた。

夜会のことを考えると、自分に勤まるのだろうかと気が重くなるけれど、祭りの楽しい空気を感じていると、うきうきとして忘れてしまう。

たくさんの人が訪れるとあって聖殿ももちろん忙しい。

カイルの命令で、ソフィアやハンスはいつにもまして、あちこち駆けずり回っていた。

フェリシアは一応、聖殿と関係がないカイルの手伝いをするために雇われている。しかし、実際には領主としての聖爵の秘書兼侍女兼掃除婦といったなんでもやる使用人になっており、忙しいときに城館と聖殿の仕事の区別をしていられなかった。

「今年はフェリシアがいてくれる分、女性用の宿坊への連絡をお願いできてよかった……」

そんなふうに言われると、城館からは離れている女性用の宿坊へのお使いを断れない。

聖殿は信者向けの宿坊を用意していて、各地から位階を持った聖職者も訪れており、女性司祭の便宜を図るのもソフィアの役目となっていた。

「――では、こちらの部屋をお使いください」

一通りの案内を終えて下級使用人にも指示を出したところで、高らかに鐘の音が響いた。

「あ、中天の祈りがはじまってしまう！」

今日は聖爵はずっと大聖堂に詰めているから、準備をする必要はないのだけれど、ソフィアにはどうしても礼拝に参加しなければならない理由があった。

先日ソフィアがリクエストした聖典を詠唱してくれることになっていたからだ。

カイルからは、わざわざ「一般の信者席ではなく、招待席をとっておく」とまで言われている。これを聞き逃したら、ソフィアは一生後悔してしまうだろう。

「すみません、失礼いたします」

あわてて最前列になる招待席に滑りこむと、すぐに礼拝のはじまりを告げる鈴の音が大聖堂の高い天井にこだました。

大聖堂の正面の荘厳なステンドグラスからは青に赤、緑に黄色と七色の光が射《さ》しこみ、壮麗な回廊を照らしていた。この祝祭のために黄金の聖遺物《せいいぶつ》が祭壇の奥に飾られており、聖殿と青の聖爵の威光を感じた人々が静かに感嘆のため息を漏らす。

パイプオルガンの音楽が天井から響くと、鈴とリボンがついた聖杓を手にしたカイルが祭壇の前に立ち、詠唱用の蛇腹状の聖典を開いた。

「断章の詩篇《しへん》、第二章紫羽の記『彷徨うレアンディオニス』……」

タイトルを読みあげられると、どきりとする。

小さな女の子が出てくるからだろうか。どことなく、この詩篇に出てくるレアンディオニスが、フェリス伯爵家に間借りしているカイルで、手当てをしてあげる少女がソフィア自身のように感じていた。

「少女の手に触れられるとき、小鳥の心は震え、喜びの歌を謳《うた》う。日に日に、少女を愛するようになる小鳥。レアンディオニスの寵愛《ちょうあい》を受けし少女が住むオアシスには、特別な泉が湧き、花咲き乱れ、美しくなるばかり……」

ときに高く、ときに低く、低い声が朗々と響きわたる。

――わたし《フェリシア》がずっとカイルお兄さまをお世話したら、カイルお兄さまもレアンディオニスのように、わたしのことを好きになってくれたらいいのに……。

思い出の詩篇の詠唱にうっとりと聞き入っていたソフィアは、隣に座る青年がちらちらとソフィアを気にしていることに気づく余裕はない。

やがて詠唱が終わり、司祭がまた杖《つえ》についた無数の鈴を鳴らすと、礼拝は終わり。静謐《せいひつ》な空気は消え去り、あたりには人々が談笑するざわめきが満ちた。

急いでいるときに帽子がとれたせいで、乱れた白金色の髪がステンドグラスの七色の光に照らされている。

ふうっとまだ感動冷めやらぬ心地で席を立てずにいると、祭壇で蛇腹状の聖典をたたむカイルに、ドレスを着た人影が近づいた。

「あ、またあの人！」

確か、マレーヌと言っただろうか。

どういう人なのか知りたくてハンスに聞いてみたところ、

「セント・カルネアデスの市長の娘ですよ。貴族の位階で言ったら、子爵の娘になりますかね」

そんな答えが返ってきた。

貴族の身分は上下関係が難しいのだが、伯爵家の血筋になるソフィアとは、あまり違いはないはずだ。ただ、いまは使用人という立場だから、おおっぴらに邪魔するわけにはいかない。

どうしてくれようかとソフィアはぐっと拳を握りしめていると、隣からカイルとマレーヌを冷やかす声がした。

「おお、マレーヌ嬢、頑張っているな。これは本当にカイルが離婚したあとを狙うつもりかな」

ソフィアの独り言に答えたのだろうか。面白がるような物言いをされ、かちんとくる。

もちろん見ず知らずの人にとっては、聖爵の離婚というのは面白いゴシップ記事に違いない。しかし、ソフィアにしてみれば自分の離婚なのだ。知っていて言われているわけではないが、こんなふうにからかわれると、つい睨《にら》みつけたくなってしまう。

隣に立つ茶髪の青年は、そんなソフィアの冷ややかな視線を受けても、どうということはないらしい。軽く肩をすくめただけで、悪びれずに言った。

「本当のことなのだから、青の聖爵の悪口というわけではないだろう?」

「な……！　本当のことって、猊下はまだ離婚しておられません！　それに、離婚について噂するのは悪口と同じだと思わないのですか。仮にも聖職者の身でありながら……」

——見ず知らずの人からこんなことを言われて……わたしは離婚するつもりはないのに……。

ソフィアはともすれば挫けそうな気持ちを引き立てて、唇を引き結んだ。しかし、青年はそんなソフィアを、理路整然とした反論で突き落とす。

「本当の結婚なら離婚は醜聞だが、青の聖爵のように幼い娘との白い結婚の上、娘が処女のまま破棄するなら悪口にもならないだろうよ……ところで、おまえは見ない顔だな。セント・カルネアデスのお仕着せを着ているようだが」

突然、青年の声が威圧感を帯びて、ソフィアはぎくりと身を強張《こわば》らせた。

ついいつもの調子で生意気な口をきいてしまったが、いまソフィアがいる場所は貴族などが座る招待席だ。迂闊《うかつ》だと言われればそれまでだけれど、身分が高い相手なのかもしれないと今になって気づいた。

聖殿にはたくさんの人がいるにもかかわらず、ひと目見ただけでソフィアを知らない顔だなんていうこの人は、なにものだろう。

横にいたせいでよく確認しなかった服装をちらりと見れば、上位の聖職者が身につける白の長衣に金糸の肩掛けを身につけている。おかしい。

——この金糸の肩掛けは聖爵の模様のような……。

そう思って祭壇に目を向ければ、この聖殿の支配者——青の聖爵たるカイルはまだそこにいてマレーヌに捕まっていた。

しかし、青年の肩掛けにふたたび目を戻しても、やっぱり聖爵の肩掛けに見える。

そのソフィアの動きは挙動不審だったのだろう。ふん、と鼻で笑われた。

「私の顔を知らないとは、やっぱり新人だな」

勝ち誇ったように言われて半身をくるりと回されると、青年の服装がはっきりわかる。肩掛けに施されている刺繍は、金糸と赤糸の伝説の鳥——聖獣レアンディオニス。

聖殿に詳しくないソフィアでも彼が誰だかわかり、さっと血の気が引いた。

「あ、赤の聖爵猊下！　し、失礼いたしました……！」

あわてて半歩下がり、体を沈めて最敬礼をする。

——こんな失態をするなんて……。

真っ赤になったまま、消え入りたい気持ちで使用人として命令を待つように顔を俯《うつぶ》せていると、鷹揚《おうよう》な声が降ってきた。

「顔をあげろ」

人に命令することに慣れた声に、ぎくりと身が震える。

怒られるのだろうと、おずおずと言われたとおりに視線をあげるまもなく、あごに手をかけられて強引に顔を上向かせられた。

「思ったとおり、綺麗な顔をしているな……受け答えもしっかりしているし、貴族の娘か？名をなんという？」

「お、畏《おそ》れおおいことでございます……フェリシア・ゴードンと申します」

あごに手をかけられたまま、背が高い聖爵に見下ろされると、とても威圧感がある。

聖爵は聖職者というより為政者だ。

使用人の振る舞いを問題にして、厳しく処罰をする聖爵もいる。

カイルはそんなことはしないと知っているから、ソフィアとしてもつい、使用人の立場を逸脱した物言いをしてしまうことがあるし、カイルも許してくれている。しかし、それがほかの聖爵にまで当てはまるわけがない。

ソフィアはすっかり恐《こわ》くなって、声も出せずに固まった。

興味深そうにソフィアを見下ろす赤の聖爵が、あごにかけた手を顔の輪郭に沿って動かし、耳元に零《こぼ》れる白金色の後れ毛に伸ばしそのときだった。

「その手を離せ、アレク。人の聖殿の使用人を大聖堂で口説かないでもらおうか」

不機嫌そうな声とともに、赤の聖爵とソフィアのあいだに大きな体が割って入る。さっきまで祭壇の向こうにいたはずの青の聖爵カイルだった。

「猊下……」

がっしりとした背中に守られると、ほっとして胸が熱くなる。

現金だけれど、カイルなら、どんなに不機嫌そうな声を出されても平気だ。怖くないといえば嘘になるけれど、厳然とした冷ややかな声にだって胸がときめいてしまう。

ソフィアは無意識にカイルに身を寄せて、その服の端を摑んだ。

「なんだ。珍しく新しい使用人を雇ったと思ったら、やけにご執心じゃないか。離婚したら、その娘と結婚する約束でもしたのか?」

「おまえに答える必要はない。そんなことより、アレク。夏の祝祭の期間に自分の聖殿を空けて、ほかの聖殿にいるとは不謹慎じゃないのか」

からかうようなアレクの物言いに、カイルはぴしゃりときつい一言を返す。

対して、赤の聖爵は肩をわずかにすくめて、悪びれない。

「うちの聖殿は夏の祝祭よりも秋の大祭に力を入れているし……そうでなくても、カイルのように聖爵の詩篇詠唱を売りにしているわけでもないのでね。聖爵のひとりやふたりいなくても、問題なく運営されているのだよ」

軽口をたたく様子からは、親しさがにじむ。

金糸の刺繍付きの漆黒を纏う青の聖爵カイルと、やはり華やかな金糸の刺繍を施された純白をまとう赤の聖爵アレク。

並び立つ姿は新聞などで噂されていた以上に麗しく、見るだけなら眼福だ。

そんなことを考える一方で、ふたりは顔見知り以上の親しい関係なのだとソフィアは感じとっていた。

赤の聖爵の冷やかし混じりの言葉は下品だし、カイルは眉間にしわを寄せて、不機嫌さを隠さない。けれども、それだって知己ならではの馴《な》れ馴《な》れしさあってのことなのだろう。

――そうよね……だってカイルお兄さまだって聖爵なんですもの。聖爵の知り合いだっているわよね。

自分が知らない時間。自分が知らないカイルを見せつけられると、つきんと針で刺されたように胸が痛む。

ソフィアがそんなことを考えているとは、カイルは知る由もない。苛立《いらだ》った様子でソフィアの腰に手を回すと、赤の聖爵の前からかっさらうようにして歩き出した。

「フェリシア、行くぞ。次からはこの男に話しかけられても、答えなくていい。これは命令だからな」

「えっ、えっ……?」

突然、カイルはなにを言い出したのだろう。とまどうソフィアを半ば抱えたまま、カイルは大聖堂をあとにして、回廊をどんどん通り過ぎる。

しかも階段を上っていくから、おかしい。城館の聖爵の執務室は一階にあるのだ。

「猊下、部屋で昼食をとられるなら、わたし、キッチンに連絡してきましょうか?」

どことなくカイルの様子がおかしい気がして、ソフィアは早口に言う。

お使いを頼まれれば、カイルの腕から逃れられる。そう思っていたのに、返事がないまま部屋の奥へと連れられた。

このところソフィアが掃除をしているせいで、初めて部屋に入ったときのように床に積み本は置かれていなくて、無理やり歩かされるのでもすんなりと通れてしまう。

乱雑に天蓋付きベッドに体を投げ出されたときも、ソフィアが真っ先に考えたのは、自分の身の安全ではなかった。

「せっかく、朝シーツを替えて綺麗にしたばかりなのに、なにをなさるんですか！」

ソフィアだと名乗ってお世話をしているわけではないが、祭事で疲れているカイルが気持ちよく眠れるようにと、妻としては心配して寝具を整えたのに、こんなことで台無しにされてしまうなんて。

半ば泣きそうになって、真っ赤な顔のソフィアは上目遣いにカイルを睨みつける。

その顔が、カイルの目にどんなふうに映っているのか、気づく余裕はない。

「こんなときにベッドメイクの心配とはな……フェリシアはもう少し危機感を覚えたほうがいいな……そんな顔で睨みつけられると、めちゃくちゃにしてやりたくなる……ん……」

カイルはソフィアの抵抗を封じるように手首を枕に押さえつけると、覆《おお》い被《かぶ》さるように口付けた。

「カ……げ、猊下《げいか》！　なにをして……んっ、だから、シーツが乱れ……ふ、むぅっ」

突然のことに、いったいなにが起きたのかわからなかった。

「んぅ……カイ……ふ、ぅ……」

押しつけられた唇を開かされ、カイルの舌に歯列をなぞられると、びくんと体が震える。ただ愛情を伝えるだけじゃなくて、執着を感じさせるキスだ。

体に回された手がもどかしそうに肌を愛撫するのも同じ。

まるで恋人が好きで好きでたまらないというようなカイルの振る舞いに、ソフィアはとまどいながらも胸が熱くなった。

——もしカイルお兄さまがいまの私を好きになってくれたら……。

フェリシアはソフィアだと明かして、カイルと離婚なんかしてやらないのだ。

「……っは、ぁ……げい、か……なん、で……」

ようやく解放された唇は、まだ甘く痺《しび》れていた。言葉がうまく話せない。

突然なぜ？　ととまどう一方で、唾液が糸を引いて、カイルの濡《ぬ》れた唇が離れていくのが切ない。もっともっとキスして欲しいと思ってしまう。

合わさった視線には、そんな欲望が透けて見えていたのだろう。

カイルの骨張った指先が「ダメだよ」とでも言う代わりに押しつけられる。

「君は命令されれば、愛人でも全力で取り組むと……確かにそう言ったぞ、フェリシア？　もう忘れたのか？」

厳然と命じる声が、どこか苦しそうに聞こえるのは気のせいだろうか。

——カイルお兄さまが苦しむ理由なんてないのに。

胸が苦しいのは、カイルに押し倒されているソフィアのほうだ。

「わ、忘れてなんていません……わたしが生娘《きむすめ》かどうか確かめていただいても……か、かまいませんから……」

口にしながら、かぁっと頬が熱くなる。けれどもそれがソフィアの本望なのだから、こうやってベッドの上に押し倒されているのは正しいのだ。

「そう……だったな……これは、そう。新婚生活の予行演習だ……フェリシア……」

情欲が入り交じった声で名前をささやかれると、また胸がぎゅっとわしづかみにされたように苦しくなる。

そのまま、また唇を押しつけるようにキスされて、離れてはまた近づいて唇を塞がれた。口付けられたまま、髪に指を入れられると、ぞわりと背筋に甘い震えが走る。

カイルの指先は心地よくて、ソフィアは頭のなかに蜂蜜を流されたかのように蕩かされてしまう。抵抗をなくした唇をカイルはむさぼるように啄んで、弄《もてあそ》ばれた唇からまた甘い痺れがソフィアを融《と》かしていく。

「カ、ぃる……おに……んぁっ」

吐息を漏らすように名前を呼ぶそばからまた唇を封じられて、ぞわりと腰の奥が疼《うず》いた。

カイルのとびきりの甘い声を聞いたときのように、腰が砕けてしまっている。どうしてこんなことになっているのかを考えるより早く、ソフィアの体は愉悦を感じはじめていた。

「フェリシア……舌を出してごらん……?」

ソフィアの白金色の髪を繰り返し撫でながら、低い声が囁くのはなにより強い媚薬《びやく》のようだ。

ぞくりと身が震えて、怖いのに従いたくて仕方がない。

言われるままに震える舌を差し出すと、舌に舌を絡まれた。ざらりとした舌で舌の腹を撫でられるのが、こんなに気持ち悪く心地いいなんて。

背筋に甘い震えが走り、びくんと華奢《きゃしゃ》な体が跳ねる。

「赤の聖爵になにを言われた、フェリシア? なんであいつは君に触《さわ》っていたんだ?」

「え? なんでって……わたしが赤の聖爵猊下だと存じあげないまま失礼をしてしまって……それで、その……申し訳ありません。カイルさまにもご迷惑をかけたかも……」

聖爵のなかで位階はないけれど、赤の聖爵のほうが年上だし、職位についた年数も早い。

ソフィアの失態でカイルにお咎《とが》めがあったらと思うと、身が縮む心地がする。

なのに、カイルはそんなソフィアの気持ちなど関係なく、ソフィアののどに顔を埋めた。

「ひゃ……あ、くすぐった……や、ぁ……」

のどに唇を寄せられると、ソフィアはくすぐったさに身をよじる。

「迷惑なんかかけていない……むしろ問題があるのは、君が純粋で無防備すぎることのほうだ」

「純粋で無防備って……そんなにわたしは考えなしでしょうか」

先日も言われたけれど、もの知らずの子どもだと言われているようで、ソフィアとしてはむっとさせられる。

「こんなふうに男から押し倒されて、逃げ出そうともしないんだから考えなしだろうな。もっとも、もう逃がすつもりもないが」

その言葉にぞくりと背中が震えたのはなぜなのか。いつもは静謐さを湛《たた》えた青い瞳が、捕食動物が狩りに出るときのように鋭く見えるからなのか。

無意識にカイルの欲望を感じとったソフィアが、押し倒されたままでもどうにか後ずさりしようとしたのは、無駄だった。カイルは細い腕を掴み、くるりとソフィアの体を反転させると、背中の留め金を外しだした。

「無垢なフェリシアは、愛人というのがなにをするのかわかっていて、志願したんだろうな」

そんな言葉とともに、するりと肩を露《あら》わにされ、背中から抱きしめられた。

どきどきする。男の人の手で服を脱がされるのなんて初めてだ。それでもこれはずっと夢見ていた瞬間だったから、怖くはない。

「も、もちろん存じてます……もう、お、おとななんですし……愛人でもなんでも猊下のご命令でしたら従います……」

愛人だっていい。むしろ、カイルに抱かれたいんだから。

「へぇ……聖爵の私に説教をするフェリシアが、やけに従順で怖いが……悪いがここまできたら、もうやめられないぞ……ん」

ソフィアが強がりを言ううちに、うなじにちゅっとキスされた。

ワンピースを脱がされると、簡易なコルセットに手を伸ばされる。使用人のお仕着せを着ていたため、自分で脱ぎ着ができるように前で紐《ひも》を結ぶタイプのコルセットだ。後ろから手を回されて紐を解かれ、胸を掬《すく》い出された。

「張りがあって形がいい……フェリシアは着やせするタイプだな。弄びがいがありそうだ」

カイルはソフィアを横たえたまま、自分だけ体を起こすと、上着を脱いだのだろう。身じろぎする気配のあとに聞こえたぱさりぱさりという衣擦《きぬず》れの音に、胸が高鳴る。

そうやって期待していたとおり、次に背中から抱きしめたのは、裸の胸板だった。

「あ……」

素肌が触れてどきどきしたソフィアは、腰に回された腕にしがみつくようにして身じろいだ。

華奢なソフィアと背が高くがっしりとしたカイルだと、大人になったいまでも、その胸にすっぽりとおさまってしまう。

しかも先日、抱きあげられたときのように、片腕で簡単にソフィアを抱きあげられるほど、力が強い。くるりと仰向《あおむ》けにされて、足を開かされればなおさら胸が高鳴って、触れられている肌が熱い気がした。

ゆるんでいたコルセットに続いて、するりと木綿の下着をはぎとられると、ふたりして生まれたままの姿になる。

もう、ここから逃げられそうにない。

「う……な、なんだか……恥ずかしい、です……カイルさま……」

ソフィアが真っ赤になって固まっていると、カイルは内腿《うちもも》にちゅっと口付けた。人に触れたことがない場所で音を立ててキスされ、そのあとできつく吸いあげられると、与えられる刺激の変化に体がびくんと跳ねる。

なにをされているのかわからないけれど、ソフィアは耐えるしかない。それが抱かれる手順なのだろうと思いながら。

「なんだか初夜の花嫁を抱くみたいだな……その真っ赤な顔もかわいい……フェリシア」

くすりと自分の足の狭間《はざま》に顔を寄せながら笑うカイルは、妖艶なほど美しい。

女性的な美しさはなく、精悍《せいかん》な顔立ちなのに、蠱惑的《こわくてき》に微笑まれると、それだけでソフィアの体はまた熱をあげてしまう。こんな素敵な大人の男性に、自分の恥ずかしい場所を見られているのかと思えばなおさら。

くすりと笑いを零したカイルは、大きな指をソフィアの秘処に伸ばして、くちゅりと水音をさせながら動かした。

「ひっ、あぁんっ……！」

敏感な柔襞をぬるりとした淫蜜を絡めながら動かされて、甘い疼きがソフィアの体を犯す。

「もうこんなに濡れてる……君は本当に敏感なのか、それとももとっくに処女を失っているのか、そのどちらかかな？」

意地悪い問いかけにソフィアは泣きたくなった。

「ち、違うわたし……こんなの、知らない……あぁんっ、やぁ……そんなに動かされると、あっあっ……！」

割れ目を指で動かすうちに、ソフィアが感じるところに気づいたのだろう。

膨らみはじめた淫芽を集中的に扱《しご》かれると、ぞわぞわと背筋に震えあがるような愉悦が走り、ソフィアはその大きな波に飲みこまれてしまった。

「ひゃ、あぁん……」

びくびくん、っと体が痙攣《けいれん》したように跳ねて、背を仰《の》け反《ぞ》らせた。うっすら濡れた唇から、しどけないため息が零れる。

「私の指で達した顔も、たまらなくかわいいな……君は。もっともっとその顔が見たい……君の下の口はこんなにいやらしい蜜を零しているのに、きれいなピンク色をしている……」

白金色の恥毛を撫でたカイルは、そんな言葉をささやく吐息にさえソフィアが感じていることを知っているのだろうか。

まだ愉悦にひくつく陰唇をちゅるっと吸いあげたから、ソフィアとしてはたまらない。

たったいま達したばかりの陰唇は鋭敏になっていて、「ひゃああんっ」という甲高い嬌声《きょうせい》がほとばしった。びくんびくんと華奢な体が跳ねる。

感じるソフィアをさらに責めたてるように、カイルは舌を伸ばして、まだ硬い割れ目をどんどん愉悦に開かせてしまう。

「そんなところ……やぁ、あぁ……だ、め……う、ひゃうんっ……き、汚いです、カイルさまぁ……あぁんっ」

イヤイヤと子どもがむずかるように首を振りながらも、ソフィアの声は甘く鼻にかかっている。

「そんな声でイヤだと言われても……まったく説得力がないぞ。この陰唇の硬さは、間違いなく処女のようだが……その甘い声を聞いていると、疑いたくなるな……ん」

そう言って、またぐりぐりと淫唇の割れ目を開かせるように舌を動かされ、びくびくと体が跳ねた。

腰の芯が熱く疼いて痛いくらいだ。昂《たか》ぶる官能の炎に翻弄されて、臍《へそ》周りを愛撫されるのさえ、ずくりと膣《ちつ》が疼く。

「フェリシアのこんな姿は誰にも見せたくないな……愛らしい君が快楽に溺れた姿は、初々しいのに淫らで……もっともっと快楽に墜《お》としたくなる……このピンと尖った胸の先も、私に蹂躙《じゅうりん》してくれといわんばかりじゃないか」

「ひゃう、あっあっ……あぁん……ッ！」

カイルは体を起こしたかと思うと、ソフィアを腕に抱えながら、胸の先を弄んだ。

ベッドの背に体を凭せかけながら、ソフィアの体を背中から抱きしめた格好で、ゆったりと弧を描くように張りがある膨らみを揉《も》みしだく。

形を変えて乳房の愉悦を引き出され、ざわざわと熱が昂ぶったところで、きゅっと赤い蕾《つぼみ》の括《くび》れを摘まみあげられると、体はまたぞくりと快楽に震えた。

まるでカイルの指に虐《いじ》められるのを楽しんでいるかのようだ。

こんなふうに一方的に弄ばれると辛いと思うのに、嗜虐的《しぎゃくてき》な責め立てで体はより鋭敏に感じてる気がする。もっともっと、無茶苦茶にしてほしいと口にしそうになるほどに……。

「アレクが……赤の聖爵が口説いていたら、君は受けたのか？　いまこうして、私に抱かれているように」

思わずぞくりと背筋が震えあがるくらい、冷ややかな声で聞かれ、ソフィアは身を強《こわ》ばらせた。

カイルはなにを言っているのだろう。

ソフィアがとまどって、どう答えたらいいかわからないでいると、いつのまにか下肢の狭間に硬いものが当たっていることに気づいた。

しかも、ソフィアの臀部《でんぶ》の割れ目を開かせるようにして掴まれると、なおさら硬いものが生々しく陰部に当たる。

「早く答えろ、フェリシア……私は気が長いほうではないぞ……ほら」

そんなふうに言って、促すようにフェリシアの腰を揺らす。すると、さっきまで濡れそぼった淫唇がぬるりと粘ついた液とともに滑り、ぞわりと愉悦が走った。

カイルの硬く起ちあがった肉槍で、淫唇全体をこすられていたのだ。

「あぁんっ……や……な、なに……やめ……ひ、ぅっ！」

甲高い嬌声をあげてソフィアが身を震わせるそばから、また腰を動かされて、陰部の感じるところを擦られる。たまらずにその快楽から逃れようと腰をくねらせるけれど、カイルの腕に阻まれてままならない。

ソフィアは形のよい胸を揺らして、下肢の狭間がぐじゅぐじゅという音を立てるたびに激しい疼きに耐えていた。

「フェリシア、答えは？　君の体に聞くしかないかな……あの男の手にあごをあげさせられて、君はずいぶん喜んでいるように見えたが？」

腰を揺さぶられ、淫唇を快楽に責め立てられながらも、そこまで言われてソフィアは初めて気づいた。

「あっあっ……あぁん……もしかして、カイルさまは……赤の聖爵猊下に嫉妬して、おられるのですか……？」

　そんなことはありえないはずなのに、心のどこかで喜ぶ自分がいる。

　赤の聖爵に嫉妬するくらい、フェリシアのことが好きなのだと言われたら、うれしくて舞いあがってしまいそうだ。

　なのに、カイルはソフィアの言葉を封じるように胸の蕾を摘まみあげると、冷ややかな声で答えた。

「嫉妬などと……君は私の愛人になると言ったのではないか？　自分の愛人がほかの男と浮気していたのに、罰も与えずに許せと？」

「だって……わたし、知らない……浮気なんてしてな……ふぁんっ、あ、あぁっ……胸の先、そんなに弄ばれるとわたし……あっあっ……！」

　体に快楽をかき立てられながら理不尽な言葉で責められると、下肢に移っていた熱がたちまち胸の先に集まり、硬く起《た》ちあがる。

　その赤い粒を親指の腹でくすぐるように転がされたあとで、またきゅうっと括れを抓まれると、たまらなく感じてしまう。びくんびくんと体が跳ねて、背を仰け反らせようとすると、今度は下肢の狭間が揺れて、下からも上からも攻められる羽目になった。

　快楽の責め苦は辛いのに甘くて、ソフィアの頭の芯が、じん、と痺れてしまう。

「言葉に気をつけるがいい……フェリシア。君は本当に無邪気に私を誘惑する天才だな……そうやって無垢なふりをして、いままでも男を弄んできたのではないか?」

カイルはソフィアの胸を責めながらも、腰の動きを止めない。

カイルの肉槍に擦られた淫唇は、次第に愉悦しか感じなくなり、またぞくりと震えあがるような官能の波が高まった。

「あっ、あぁん……そんなぁ……わたしは、ただ……あぁっ、赤の聖爵猊下に、話しかけられただけです……カイルさまぁ……」

ソフィアが鼻にかかった声を出して、自分が快楽に吹き飛びそうなのを耐えるようにシーツを握りしめた。

「それで、アレクを誘ったわけだな……フェリシアは自分がどんな顔をして男を誘っているのか、もっと自覚してくれないと困る」

――カイルお兄さまはなにを言っているの?

「あぁっ……わたし、誘ってなんか……いないわ……ん、くぅ」

「君が一生懸命仕事をするときのように、ひたむきな視線を向けると、男はみな、君が自分に気があるのではないかと思ってしまうようなところがあるのだよ……フェリシア」

「ひぃ、あぁっ…………!」

思ってもなかったことを聞かされて驚くより早く、濡れそぼった蜜壺に指を挿し入れられ、ソフィアは感じるあまり体をくねらせた。

淫唇の入り口をぐじゅりと蜜を絡めて動かされると、ぞわりと背筋を和毛《にこげ》で撫でられたような気持ち悪い快楽が這いあがる。

なのに、深く指を押しこまれると苦しい。

カイルの指は大きくて関節が骨張っているから、受け入れるには、ソフィアの固く閉じたままの膣道は狭隘《きょうあい》すぎたのだ。

「やぁ……い、痛い……！　抜いて……カイルさまの、指……痛い……です……！」

大好きなカイルの指だと思っても、体のなかに異物が入っている感覚は慣れなくて怖い。

嗚咽《おえつ》混じりの声で、ふるふると首を振る。そんなソフィアの髪をカイルはいとおしそうな手つきで撫でるけれど、もう騙されない。

「初めてなんだから、十分馴《な》らさないと……このうっすら上気した肌も、感じていやらしい蜜を零す場所も……なにもかも蹂躙して、めちゃくちゃにしてしまいたい……」

響きのいい声でそんなことを言わないでほしい。

ぞわぞわと耳から犯された心地になって、ソフィアはびくんと身を震わせる。それが痛がっているという意味にとられたのか、カイルは指を挿し入れるのと交互に胸を責めて、腋窩《えきか》から膨らみを愛撫しながら、首筋にちゅっと口付けた。

カイルの話ではないけれど、本当に新婚の初夜みたいだ。

——ううん、『みたいだ』じゃないんだわ……。

ソフィアはカイルの妻で、これが初めての情交なのだから。

そう気づいたら、これまでとは違う恥ずかしさが沸き起こり、ソフィアは耳まで真っ赤になる。どうしよう。なんだか、走り出したいような叫びだしたいようなもどかしさだ。

カイルの腕のなかでソフィアは身の置きどころがなくて、もぞもぞと身じろぎしてしまう。

「フェリシア？　君はすぐに熟れたリンゴのように真っ赤になるんだな……かわいくて、食べてしまいたい……どうしようか。私は本当に……君を手放せそうにない……」

情欲に満ちた甘い言葉を聞くたびに、ソフィアの耳はさらに赤みを増す。その耳裏にちゅっと口付けて、カイルの唇はソフィアの真っ赤な耳朶《じだ》を弄んだ。

さらには、濡れた舌で耳殻《じかく》をぬっとりと犯されると、そんなところに性感帯があるとは思わないソフィアは、「ひゃうんっ」と変な声を漏らしてしまったほどだ。

どうしてカイルは自分を喜ばせるようなことを言うのだろう。

そんなことを思うソフィアは、生まれたての姿で真っ赤になって恥じらう姿が、男の目にどれだけ征服欲を誘っているのか、知る由もない。

「もう、十分慣れたか……く……」

カイルはそう言うと、ソフィアの体をふたたび乱れたシーツの上に押し倒し、上からのしかかった。

その顔がどこか苦しそうで、ソフィアは思わず、整った頬骨《ほおぼね》に手を伸ばしてしまった。

「猊下……？　どこか、痛いのですか？」

首をかしげるソフィアの鼻先にちゅっとバードキスを降らせて、カイルは微苦笑をする。

聖爵になってから、カイルの静かな精悍さは、いっそう際立って夜の空気を漂わせている。

しかも、その整った相貌で苦く笑われるとなおさら、ため息が出るほど素敵なのだ。胸が高鳴り、ソフィアの翠玉《すいぎょく》の瞳を惹《ひ》きつけてやまない。

「君があんまりかわいいからだろうな。悪いが、初めてなのに、あまり手加減してやれそうにない……少し抜かないと……く」

意味がわからないけれど、具合が悪いわけではないらしい。

ほっとしたのも束の間、ソフィアは自分の秘処に当てられたカイルの逸物《いちもつ》が、さっきより硬く大きくなっているのに気づいて、ごくりと生唾を飲みこんだ。

――こんなの、入るわけがないわ……。

そう思ったそばから、濡れそぼった淫唇を擦りあげるように肉槍を動かされて、愉悦の波をまた呼びもどされる。

「あぁっ……やぁ、あぁ……そこ、動かされちゃ……ンンあっ、あぁんっ……！」

たちまち艶《つや》めいた嬌声が可憐《かれん》なソフィアの唇からひっきりなしに漏れて、体はびくびくと跳ねた。

淫蜜にまみれた肉襞はいまや快楽にやわらかくほぐれて、カイルの硬くなった亀頭に嬲《なぶ》られるばかりだ。指で触れられているのと違い、淫唇全体を扱かれると、ずくずくとした疼きが激しくなり、ひっきりなしに膣の奥が収縮する。

外から刺激を与えられているのに、ソフィアの体の内側を快楽の熱に灼《や》かれていくみたいだ。

「く、はぁ……は、ぁ……フェリシア……のその真っ赤な顔は……私をあおっているのか？」

腰を揺さぶられながら、そんなことを聞かれても困る。自分がどんな顔をしているかわからないし、そもそもまともな言葉を口にできそうもない。

与えられる快楽が強くなり、ソフィアはまた絶頂に上り詰めさせられていたから。

「あぁん、ンあっ……そんな、こと……知らない……！　あぁんっ……も、ぉ……ぞわぞわして、吹き飛びそう……あっあっ……ンあぁっ――――！」

あられもない嬌声をあげて、熱を持った艶めかしい裸体がびくびくと跳ねる。その痙攣したような震えに導かれるように、ソフィアの意識はまた快楽の波に飲みこまれた。

「くっ……フィ、ア……フェリ、シア……私も、もう……くっ」

またひどく苦しそうな声をあげたカイルは、ソフィアの淫唇を擦りあげていた肉槍をふと逸《そ》らす。そのとたんに、びゅるっと熱い白濁が肉槍から飛び出して、ソフィアの太腿《ふともも》を淫らに濡らした。

「悪い、君にかけてしまった……精液まみれの肢体というのは卑猥《ひわい》だな……」

くすりと笑って、カイルは自分がかけた白濁とした液がかかったソフィアの柔肌をぺろりと舐めた。

「ン、あぁん……やぁ……カイル、さまぁ……だめぇ……私、感じすぎて……あぁんっ」

ちゅくっと音を立てて肌の上で舌を動かされると、また体の奥が堪えきれないほど疼く。何度、絶頂を感じさせられても、カイルの愛撫で、ソフィアの体は簡単にみだらな欲望を思い出してしまう。

「た、ぶん、これなら、大丈夫だろう……フェリシア……挿入するから、ちょっと我慢してくれ」

なにが大丈夫なのだろうと考える間もなく、カイルの肉槍が淫唇を割って入り、ソフィアは言葉を失った。ただの痛みじゃない。いままで感じたことがない体を裂かれる痛みに、ソフィアは無意識にカイルの首に抱きついて耐えた。

「い、たい……カイル、おに……さまぁ……やぁっ、と、とって……うぁん……！」

痛みのあまり、とっさに甘えた声を出す。

ソフィアが必死に訴えたのに、カイルは構わずに、ずずっと肉槍を奥に推し進める。痛い。苦しい。胃の腑《ふ》を突きあげられるような異物感が耐えられないのに、あまりにも突然のことで、涙も出ない。

ずず、っと動かれると、さっきカイルがソフィアにかけた白濁とした精の匂いに入り混じって、かすかに鉄錆《てつさび》めいた匂いがした。

「本当に、フェリシアの処女を……奪ってしまったな……私は断罪されても仕方がない……」

カイルの苦しそうな声は、それでもどこか満たされた響きがある。

──カイルお兄さま、これでいいの……。ソフィアは満足なの。もう私は大人になったんだから……。

だってソフィアとカイルは結婚しているのだから、これはふたりの新しい生活の第一歩にすぎないのだ。そう言いたい。

カイルとの白い結婚はソフィアが十八才になるまでの性交渉を禁じていたから、確かにこれは契約違反になるだろう。

でもふたりだけの秘密にすればいい。

聖エルモ女学院を卒業するまで、あとほんの数ヶ月だ。ソフィアが十八才の誕生日を迎えたら、離婚なんてしないで、ソフィアはカイルの若奥さまとしてこの聖殿でいっしょに暮らすのだから。

「ああ……でも、君の膣内《なか》は狭くて、気持ちいい……フェリシア。さっき出したばかりなのに、もっともっと貪りたくなってしまう……動く、ぞ」

たったいまやっとソフィアのなかに収まったばかりなのに、膣道に入ったあとでまたさらに膨らんだ肉槍を引き抜かれると、苦しくて痛い。さらに血の臭いが強くなって、くらりと酩酊《めいてい》しそうになる。

「う、く……痛い、です……カイルさまぁ……うあっ、わたしのなか、が……壊れて、しまいます……」

ぎゅうぎゅうとカイルの肩口に頭を押しつけて耐えるけれど、ゆっくりとした抽送に体の内側が引き攣《つ》れて動くのは辛い。なのに、カイルがソフィアの頬に、鼻先に、バードキスを降らせてくるから、ずるい。もうちょっと、耐えようかなんて思わされてしまう。

「ふぁ、あぁ……あんっ――あぁっ……わたし、ンンあぁ……!」

最初はただ辛いだけだったのに、いつのまにか鈍い疼きが走り、ソフィアの声に艶めいた響きが入り交じる。

「痛みを堪《こら》える顔ももっといじめてやりたくなるが、そうやって快楽に蕩《とろ》けたフェリシアの顔もいい……私がそんな顔をさせたのかと思うと、もっともっと喘《あえ》がせたくなるな……」

低く色気を帯びた声で聞き捨てならないことを言われた。

もっといじめられて、もっと蕩かされて喘ぐなんて――ソフィアの頭がおかしくなってしまう。

ぐじゅぐじゅと、水音を立てて抽送を繰り返されるうちに、膣壁の痛く感じるところを突きあげて、ソフィアの華奢な体はびんと大きく跳ねた。その反応に少女の絶頂を感じとったのだろう。カイルは媚肉を開かせるように、ソフィアの臀部を摑むと、一段と抽送を速めた。

太腿を大きく開かされたせいで深い奥を突かれると、苦しいのに体は快楽にのぼりつめる。

「あっあぁんっ……ざわざわして……もぉ、もぉ……あぁんっ」

ひっきりなしに嬌声を漏らして、ソフィアは体を犯していく快楽に飲みこまれる。

「ひぃ、あぁ——ンンあっ……あぁ——！」

びくびくと痙攣したようにソフィアの体が震えたのと、膣内で肉槍が震えたのはほとんど同時だった。

「く、ぅ……かわいいフェリシア……私のもので感じて、快楽に溺れるがいい……」

それは命令でもあり、呪文のようでもあった。

その嗜虐的な声にソフィアがどれほど囚《とら》われているのか、カイルは知らないのだろう。

ソフィアは愉悦に頭が真っ白になりそうになりながら、自分の体を強く抱きしめる腕に身を任せた。

「カイル、さま……わ、たしは、平気です、から……ンあぁ……あぁ——……ッ！」

大丈夫。いまは苦しくてまともに話せそうもないけど、落ち着いたら事情を話せばいい。そしたらカイルだって罪の意識から解放されるはず。

——これでもうすぐ、カイルお兄さまとのしあわせな新婚生活がやってくるのだわ——。

意識を失う寸前、ソフィアは満たされた気持ちで微笑んだのだった。

第四章　新婚生活のはじまりは背徳の喜びとともに

念願のカイルとの情交を交わした次の日。

祭りの二日目の夜、ソフィアはカイルとともに城館の大広間にいた。

聖殿の大聖堂が神々しい荘厳さに満ちた祈りの場なら、大広間は華やかな社交の場だ。

きらびやかなシャンデリアが無数の鏡に乱反射し、青と金を基調にした広間の装飾を豪奢《ごうしゃ》に浮かびあがらせる。

白と黒の大理石でできた床のうえに、ここぞとばかりの盛装をした紳士淑女が集まり、胸元の大きな宝石を、新しく新調したドレスを見せびらかして、表向きは和やかに談笑していた。

「猊下《げいか》のパートナーはマレーヌではなかったのですってね。マレーヌはあわてて親戚筋の青年にパートナーを頼んだのだとか……」

「まぁ、じゃあ。誰が離婚する猊下を射止めたのかしら?」

口さがない人々が噂をするなか、ソフィアはカイルに連れられて、大広間に登場しなければならなかった。

「フェリシア。君は堂々としていてくれればいい。身分を聞かれても答える必要はないからな」

そう言って、ソフィアに腕を差し出すカイルは、珍しい燕尾《えんび》服《ふく》姿だ。肩にかけている金糸青糸の肩掛けこそ、いつものままだけれど、腰回りがすっきりとした服を着ている姿が珍しくて、ソフィアはつい横目にちらちらと眺めてしまう。

「フェリシア？　そんなふうに頬を染めて私のことを見てばかりいると、人前だということを忘れて襲ってくれといわんばかりだぞ」

カイルは背が高い体を屈《かが》めて、わざわざソフィアの耳元でささやく。

話を人に聞かれないようにとの配慮なのかもしれないが、周りからは仲睦まじそうにしているようにしか見えない。

カイルがからかうようにソフィアの頬に触れると、広間の隅で、きゃーという、非難とも冷やかしともつかない悲鳴があがるのがその証拠だろう。

うれしいのだけれど、羞恥のあまり真っ赤になってしまうから、少しは手加減してほしい。

ソフィアはカイルの魅力にのぼせあがりそうなのを堪えて、どうにかドレスを捌《さば》きながら歩いていた。

日中、大聖堂で祈りを捧《ささ》げるのが聖職者としての姿なら、こうして夜会で上流階級の人々と言葉を交わすカイルは上級位の聖貴族としての顔をしている。

「今年は海は豊漁、陸は豊作になりそうだとのことで、青の聖爵猊下にもよい報告ができそうです。ところで猊下、お隣のかわいい方はご紹介いただけるのでしょうな」

恰幅《かっぷく》のいい壮年の貴族はお世辞半分といった態で、ソフィアをちらりと眺める。

「今宵《こよい》のパートナーのフェリシアだ。私の恋人だということにしておこうか」

カイルも冗談交じりに答える。

公に認められているわけではないが、聖爵が結婚しながら無数の愛人を持つことは珍しくない。聖爵の権力は強く、領地にいる娘たちは、望まれれば断れないし、それでなくても、世俗と聖界の両方に力を持つ聖爵のそばに侍《はべ》りたいと考える娘は多い。

年上の貴族はそんな聖爵のあり方に慣れているのだろう。

カイルの言葉に鷹揚にうなずいている。それでも、カイルの妻としてのソフィアはどうかと思ってしまう。

「恋人だなんて言って……大丈夫なのですか?」

「こういうのは下手に探られるより、はっきり言っておいたほうがいいのだよ……かわいいフェリシアはワルツは踊れるのか?」

ソフィアは小さくうなずく。ダンスは学院での授業に含まれており、男役と娘役を入れ替えながら習わされていたからだ。

黒い盛装の聖爵に手をとられながら、ダンスフロアーの真ん中に出るソフィアは、光沢のある白いドレスだ。

胸元にはたくさんのダイヤモンドを使った首飾りが光り輝く。

「こんな贅沢《ぜいたく》な宝石まで用意していただくなんて……よかったのですか？」

伯爵家の娘とはいえ、早くに両親は亡くしたソフィアは、こんなふうに着飾って社交界に出るのは初めてだ。

言ってしまえば、今宵はデビュタント——初めての舞踏会も同然で、どうにも気分が落ち着かない。

ドレスや首飾りだけじゃない。耳元を飾る最近流行《はや》りのアンティークな蔦《つた》模様のイヤリングにも髪飾りにも、サファイヤやルビーがたくさんついているのだ。

きちんと化粧して、髪を結いあげたソフィアは普段より大人びて見えるの。それでいて、まだなににも染まらない初々しさがあり、大広間に集まった人々の耳目を集めていたのだけれど、本人はよくわかっていない。

「フェリシア、愛人というのはこういうのを喜ぶものなのだよ……ほら、もっと私に寄り添って仲良さそうにしてくれないと」

カイルはソフィアの腰に回した手に力を入れて、身を寄せる。

そのとたん、「きゃあぁ、猊下」「およしになって」といった甲高い声があがり、ソフィアは羨望が渦巻く視線にさらされた。

──それもこれも今宵のカイルお兄さまが素敵すぎるからだわ……。

ダンスをはじめるためのホールド──ふたりで組んだ形になりながら、ソフィアはうっとりとカイルを見上げた。

「こんな夜を過ごせるなんて……夢みたい。猊下にはいくらお礼を言っても足りないくらいですわ」

最初のワルツが奏でられ、その音色に導かれるようにして、ソフィアとカイルはゆったりとした三拍子のステップを踏む。

「最初は夜会なんて畏れ多いと言って固辞していたくせに……フェリシアはちゃっかりしているな。そういうところもまたかわいらしいが」

さらりといつものようにかわいらしいと言われ、ソフィアの頬は赤く染まる。するとカイルは、眩《まぶ》しそうな笑みを浮かべてソフィアを見るから、さっきから胸がときめきっぱなしで困る。

「げ、猊下は見かけによらず女たらしでいらっしゃいますのね」

口では非難めいたことを言いつつも、まんざらでもない。耳まで真っ赤になったソフィアは、照れくささを隠すようにカイルから顔をそらした。

「ほら、そういうところがとても初々しくてかわいらしい……その真っ赤になったうなじを食べてしまいたいくらいだ」

耳元に顔を寄せて、低い声でささやかれると、ぞくりと甘い震えが背筋に走る。

震えを感じたソフィアが、ステップを忘れそうになったことをカイルは察したらしい。くるりとソフィアの体を回転するようにリードして、どうにか足が止まるのだけは避けられた。

漆黒の黒髪に黒の盛装をしたカイルは背が高く体格がいい。一方のソフィアは白金色の髪に白のドレスが初々しい、華奢なお嬢さまだ。

白と黒の一対は、本人たちが思っている以上にお似合いで、招かれた年配の貴族たちは感に堪えないとばかりにため息を零して眺めている。

「猊下には後見をしていた娘さんとの離婚が噂されているけれど、いまダンスを踊っているお嬢さんと再婚なさるのかしら」

そんな声が耳に届くと、ソフィアは喜んでいいのか、自分は離婚などしないと怒ったほうがいいのか、悩んでしまう。

注目されながらのダンスの途中で、足を止めてしまう失態をせずにすんで、ほっとしたソフィアは、カイルに微笑《ほほえ》みかけた。

「ありがとうございます。その、確か猊下は、奥さまとの……話に慣れるために私と話したいと仰《おつしや》ってましたが、なにか奥さまとしたいことはないのですか？　わたしでよければお手伝いしますが、いかがでしょう？」

カイルは本当のところ、ソフィアのことを——フェリシアではなく、妻である自分をどう思っているのだろう。

フェリシアとして愛されれば、あとは自分がソフィアなのだと種明かしをするだけと思っていたのに、ソフィアはまだ口に出せずにいた。

フェリシアとしてやさしくされるたびに、これで自分の望みどおりになったと思う一方で、やはりソフィアはただの恩師の娘に過ぎないのかと落胆してもいる。

――矛盾しているわ、わたし……。

忙しくて切り出す機会がなかったというのもあるけれど、もしかすると、やっぱり妻としては見られないのではと思うと、なかなか口にする勇気が出ない。

「妻としたいこと……？　それをフェリシアがしてくれるのか」

「は、はい。さようでございます」

――だから、カイルお兄さまの望みを聞かせて……。

ソフィアがじっとひたむきな目を向けてカイルの唇が動くのを待っていると、タイミング悪くワルツの曲が終わってしまった。

しかも最悪なことに、ダンスの礼儀としてお互い体を離して礼をすると、次に会話をするまもなく、カイルに話しかけようとする令嬢たちにソフィアは押しのけられていた。

「青の聖爵猊下、次は私と踊ってくださいませんか？」

「いいえ、私とが先ですわ。公都でお会いしたことがございましたね？」

あっというまにソフィアはカイルから離されて、声をかけることもできそうにない。

もっともいまカイルから特別扱いをされたら、どれだけこの令嬢たちの恨みを買うのかと考えたら、ここはおとなしく引きさがったほうがよさそうだと冷静に判断する。

たとえ、使用人か愛人かの名目でこの場にいるにしても、ソフィアがカイルの妻であることに変わりはない。気持ちの上で優位に立つと、そっとダンスフロアを離れて、目立たないように壁際に身を寄せた。

「これはこれは……侍女のお仕着せではなく、美しいドレスを着ているから、どこの令嬢がやってきたのかと見違えてしまったぞ」

傲慢な物言いに振り向けば、そこには昨日会ったばかりの赤の聖爵がいた。

「猊下……まだセント・カルネアデスにいらしたのですか。ご自分のラヴェンナ領を放っておいてよろしいのですか？」

つんと鼻を上向けて、赤の聖爵から顔をそらす。

赤の聖爵アレクシス――アレクはどうも苦手だ。まるでソフィアを物色するような目をして見つめるから、どうにも居心地が悪い。

「君は、こういう場にも男にも慣れていないようだな……どこぞの箱入りお嬢さまのように初心《うぶ》なところが丸わかりだ。そういうところに男がそそられているのだというのに……それとも、わざと誘っているのか？」

明るい茶色の髪を背中にリボンで束ねているアレクも先日とは違い、燕尾服に肩掛けを纏《まと》っている。落ち着いた黒の盛装は、逆にアレクの華やかな容貌をよく引き立てて、見るものの目を奪う装いになっていた。

そんな美丈夫ぶりを見せつけながら近づかないで欲しい。

男慣れしていないソフィアは落ち着かなくて、どきどきしてしまう。

「誘ってなんかいません！　わたしは青の聖爵猊下のパートナーですので、少し離れていただけませんか？」

ソフィアがそう言って半歩横にずれると、アレクは逃さないとばかりに手袋をした手をとって、これみよがしに手の甲へ口付けた。

「な、なにをして……！」

動揺したソフィアは助けを求めるようにカイルの姿を探すけれど、彼は品のいい壮年貴族に捕まって令嬢を紹介されているところだった。とても、人波の向こうからこちらに来てくれる様子はない。

そのソフィアの視線を追いかけて、赤の聖爵は余裕たっぷりの顔で言う。

「誰のパートナーだろうと、ひとりでいる娘にはダンスを申しこんでいいに決まっている。それに……昨日見たときよりずいぶん綺麗になった気がするのは、ドレスや化粧のせいばかりじゃないように思うが……どうかな？」

暗にカイルに抱かれたのではないかと示唆されたと気づいて、頬がかぁっと熱くなる。

「お、お答えする必要はございません。失礼いたします」

会話を打ち切って去ろうとするソフィアの腕を摑み、赤の聖爵は強引に自分のそばへとソフィアを引き戻す。

「そう焦って逃げ出されると、なおさら追いかけたくなるぞ……それに俺には媚《こ》びておいたほうがいい。俺は君の知りたいことを知っているのだからな」

思わせぶりな笑みは、アレクの華やかな容貌に危険な魅力を加えている。

――聞かないほうがいい。

ソフィアの理性がそう警戒するのに、恐れと好奇心とが入り交じって、足が動かない。

「ほら、踊ろうか。なんにせよ、聖爵の誘いを断るものではないよ。かわいいお嬢さん」

そう言うと、アレクは無理やりソフィアをダンスフロアに連れ出した。

「……それで、お話というのはなんなのですか」

ダンスを踊るために組んだ状態でも、なるべく距離を保ったままでソフィアは冷たく問いかけた。アレクはちらりとカイルの様子をうかがいながら、ソフィアを焦らすように間を置いて、くるりとターンをする。

「カイルはね……いまの妻と秋には離婚するよ」

確定的な物言いだった。

「離婚……」

「君はどちらをお望みなのかな……ソフィア?」

突然、自分の本当の名を呼ばれて、ぎくりと身が強張った。目の前が真っ暗になって足が止まりそうになるのを、アレクに無理やりステップを踏まされる。

「ほら、こんなところで止まったらおかしいよ。君は覚えていないかもしれないけど、先代のフェリス伯爵といっしょに子どものころに会ったことがあるね? 昨日会ったとき、どこかで見たような子だと思ったんだ」

否定したほうがいい。わからないふりをすればいい。

頭のなかの冷静な部分は訴えるのに、うまく言葉が出てこない。

沈黙したままのソフィアの白金色の髪を指に絡めながら、アレクは言葉を続ける。

「こんなに綺麗になったから、カイルは気づかなかったのかな? ねぇ、カイルと離婚したら俺のところにおいでよ。どうせ、フェリス伯爵領は赤の聖爵の聖教区だ。伯爵家を守りたいなら、俺のいうことを聞いておいたほうがいいと思うけど?」

甘い声の誘いは、半ば脅《おど》しのようにも聞こえた。

もうずっと帰っていないけれど、フェリス伯爵領への思い入れがなくなったわけではない。

どう答えたらいいかわからないまま、ワルツの曲が終わる。

「なんだか具合が悪そうだね……休憩用の部屋にでも行こうか?」

そんな言葉さえ、親切なのか、脅しなのか。ソフィアには区別がつかない。

「アレクさま、どちらに行かれるのですか。その……次の曲のお相手をお願いできないでしょうか」

「悪いね。ちょっと先約があるんだ」

ソフィアを無理やりエスコートして歩くアレクに、勇敢にも話しかけた令嬢を赤の聖爵は簡単な言葉で断ってしまう。

――どうしよう。カイルお兄さま、どこ?

気分が悪いまま探しているせいか、背が高い姿がどうしても見つからない。人に酔ったのだろうか。ぐらぐらと眩暈《めまい》がしそうになって、よろけた体を温かい手に支えられた。

「アレク、彼女に話しかけるなと言わなかったか?」

その声にぎくりと身が震えると同時に、泣きそうになるほどほっとした。冷ややかな声を放ったカイルは、赤の聖爵からソフィアを取り戻し、自分の腕に抱きしめる。

ふわりと馴染《なじ》みのあるパフュームが漂う。

――ああ、カイルお兄さまの香りだわ……。

ソフィアはカイルの腕にしがみつきながら、やっと眩暈が治まるのを感じた。

「そうだったかな? 美人さんがいるから話しかけていただけだよ。カイルこそ、君と踊りたがっているお嬢さんがいっぱいいるんじゃないのかな?」

ほら、早く戻りなよといわんばかりに、遠巻きにソフィアを睨みつける令嬢たちへとアレク

は目線を向ける。

まるでソフィアを取り合いしているようにも見える気がして、身の置きどころがない。

こんなのなにかがおかしい。

——だってわたしはカイルお兄さまの妻なのに……。

そう思うのに、未《いま》だに口に出せないソフィアの不安を赤の聖爵アレクは正確に見抜いていた。

——もし本当に、カイルお兄さまから離婚を切り出されたら、どうしよう。

体を繋《つな》げれば、白い結婚は終わり。ソフィアは名実ともにカイルの妻になれる。

そう固く信じていたのに、アレクからあまりにも確信を持って、カイルが離婚を考えていると言われると、ソフィアの心は揺らいでしまう。

いまここで自分がソフィアなのだと告げたら、カイルはどうするのだろう。

ソフィアがしたことを怒り、誕生日を待つことなく、いますぐにでも離婚を切り出されるのかもしれない。

そこまで考えて、ソフィアは怖くなった。ぎゅっと拳を握りしめて、この場にくずおれそうになるのを必死に耐える。

「猊下《げいか》……カイルさま、わたし、ちょっと具合が悪いので休ませていただきますね」

泣き出しそうになったソフィアは、くるりと体を反転させてカイルの腕から逃れ、足早に歩き出した。

「フェリシア！」

焦ったカイルの声が追いかけてきたけれど、無視して人波をかきわける。

まるでお伽噺《とぎばなし》に出てくるお姫さまのようだと思ったけれど、こうやって逃げ出したところで、落としていくガラスの靴があるわけでもなければ、助けてくれる魔法使いや小人が現れるわけでもない。

大広間から城館の主棟に戻る渡り廊下でカイルに追いつかれて捕まってしまった。

「や、は、離して……猊下……」

腕を捕まれると反射的に引きはがしたくなる。

「私はアレクと話すなと言わなかったか？　また手にキスされて髪にも触られていたじゃないか！」

そう言いながら、髪を撫でられてようやくソフィアは気づいた。

ソフィアひとりが離婚の話で頭がいっぱいになっているだけで、カイルが追いかけてきた理由は違うのだと。

「え……カイルさまは……赤の聖爵に嫉妬しておられるのですか？」

自分で口にしておきながら、恥ずかしくて顔が赤く染まる。まさかと思う。

なのに、気まずそうに眉根を寄せたカイルは、垂らしていたソフィアの髪に口付けながら言った。

「だとしたら、どうする……フェリシア？　自分の恋人にした娘がほかの男に触れられていたら、男は嫉妬するに決まっているだろう」

傲岸不遜な口ぶりで言われているのに執着を露《あら》わにする言葉が甘くて、ソフィアは今度は別の意味で頭がくらくらした。しかも、カイルがそのままソフィアを抱きしめたから、なおさら頭の芯まで蕩かされてしまう。

渡り廊下はロングギャラリーとなっていて、長い廊下に飽きないように、あちこちに美術品が飾られている。その銅像の陰に引き寄せられたかと思うと、カイルは早急な動きでソフィアのあごに手をかけた。

「カイルさま……？　ンンぅ……ッ！」

こんな廊下でキスされている。そう理解して、羞恥でまた頬が熱くなる。すると、そんなソフィアの様子に気づいたカイルが、唇が離れたところでくすりと笑った。

「初心《うぶ》なフェリシアはキスしただけで、すぐに真っ赤になるんだな……その顔は誘っている顔にしか見えないぞ……ん、ぅ……」

誘っていると何度言われても、ソフィア自身にそんな自覚はない。

「猊下……こんな公の場所で誰かに見られたらどうするのですか。大広間に戻ってください」

いくら愛人でもいいとソフィアが言ったとしても、妻帯者である聖爵が侍女にキスしているなんて姿は外聞がよろしくない。

体を反転させて、広間に戻ろうとするソフィアを、カイルは引き留めるように背中から抱きしめた。

「フェリシアが悪い。アレクなんかと楽しそうにダンスまで踊って……」

「だ、だってあれは……その、礼儀上、目上の方から言われたら、断れませんよ……私の立場では。あの……カイルさま？　なにをしておいでなのです？」

アレクに礼儀上の口付けを受けた手をとり、カイルはまるで消毒するかのようにちゅっちゅっとキスをして回る。

「アレクに触れられたところはほかにどこだ？　耳元にもずいぶん顔を寄せていたようだが」

不覚にもそう言われたとたん、ソフィアはばっと両手で耳を押さえてしまった。

ぴくりとまた表情を険しくしたカイルは、ソフィアの手を無理やり掴み、露わにした耳に顔を寄せた。

「この真っ赤に熟れた耳にキスされたのか……答えろ、フェリシア」

耳元で唸《うな》るように低い声を出されて、怖いのにどきどきする。

「そんなこと、されてません……やぁっ、耳、食べないでくださ……はぅっ」

体をのけぞらせて逃げようとするソフィアを腕に囲いこみ、カイルは真っ赤な耳朶を唇で弄ぶ。くすぐったい。さらに耳殻に舌を入れられると、ソフィアの体はぞわぞわと愉悦を感じはじめた。

「フェリシアがそんな真っ赤な顔をして嫌がるのが悪い……もっともっといじめてやりたくて、我慢できそうにない……」

そんなことを言われても困る。そう思っていたのに、情欲に満ちた声を耳元でささやかれて、骨張った手で腰をするりと撫でられたら、ソフィアのほうも限界だった。

「だ、ダメぇ……！」

壁際に追い詰められていたソフィアの体は力を失って崩れそうになる。その体を腕に抱き寄せたカイルは満足気に微笑んだ。

「ほら、フェリシアはまた……そんな真っ赤に蕩けた顔で甘い声を出されたら、襲ってくれと言わんばかりだ……嗜虐心をそそられて、困る」

ぎゅっと抱きしめてはカイルはソフィアの鼻先に額に頬に、またバードキスを浴びせかける。その啄むような口付けが、やけに執拗《しつよう》にソフィアを求めているように思えるのは、なぜなのだろう。

熟れた林檎《りんご》のように真っ赤になったソフィアが、カイルの腕のなかでされるままになっていると、大広間の扉が開いて、カイルを呼ぶ声がした。

「猊下、どちらにいらっしゃいますの？　お部屋に帰られたのかしら……」

「まさか。まだ夜会は続いているのに、猊下が戻らないなんてありえないわ」

カイルと踊りたがっていた令嬢たちだろうか。こんなふうに彼に抱きかかえられているところを見られたら、どんな非難をされるかわからない。

ぎくりと身を強張《こわば》らせたソフィアの怯《おび》えを、カイルは察したのだろう。ソフィアを腕に座らせるように抱きかかえると、銅像の陰を伝い歩くようにしてロングギャラリーの長い廊下を通り抜けた。

「猊下、待って……わ、わたしはひとりで部屋に戻りますから、猊下は大広間に戻ってくださいませ……きゃんっ」

ソフィアががっしりとした腕の上でもがこうとすると、カイルが黙れと言わんばかりに太腿を撫でた。さっきキスのせいで蕩かされた体は、スカートの上から撫でられただけでも愉悦の疼きがざわりとよみがえって、甘い声が漏れる。

「ひとりで部屋に帰ってどうする？　その体の熱は自ら慰めるのか？」

問いかけの形をとっているけれど、その声音には認めないという厳然とした決意がにじむ。

「そんなことはしませんっ！　そうじゃなくて……やぁ、猊下っ……その手……あぁんっ」

それでもなお抗《あらが》おうとするソフィアを籠絡するように、カイルはソフィアのお臍周りを撫でながら、デコルテにキスをする。

その手の動きにも口付けにも、欲望を露わにして触れられると、ソフィアは弱い。ずくりと腰の奥が熱く疼《うず》いてしまう。

「おまえはよくても、私はこのままで収まりそうにない。そうやって誘うような声を出されるとなおさらだ。フェリシアは今日は私の妻の代わりだ。それなのに、アレクになんか口説かれて……責任をとっておまえが慰めるべきだ」

「わ、わたし、誘ってなんか……」

——いません。と口にしようとして、ソフィアはうつむく。

カイルがほかの令嬢に囲まれているところを見て嫉妬していた。

自分のそばにいてほしいと思うし、キスして欲しい。そんな気持ちが態度に表れていたのかもしれない。そう気づいたからだ。

結局うまい言い訳が思い浮かばないでいるうちに、カイルの腕に運ばれて、薄闇に沈む庭園を横切っていた。

どこを通ってきたのだろう。鍵を使って、ソフィアが知らない扉から城壁を越えると、やがて聖殿側の敷地に入ったようだった。

夏の日は長くて、まだかすかに道と生け垣の区別はつくけれど、物陰に入れば真っ暗だ。不安を感じながらも、カイルの腕に抱えられたまま、また鍵を開けた扉をくぐったところで、ふっと風が変わった。

広い空間に——大聖堂の回廊に出たのだ。

「この時間、表扉は閉まっているから、大聖堂には誰も入れない」

だからなにをしても、誰にも見られる心配はないと言わんばかりだ。

まさか、こんな場所でソフィアのことを抱くつもりだろうか。

広い空間というのは、誰もいなくても人から見られているのに似た威圧感がある。

高い天井から降ってくる闇に飲みこまれてしまいそうだ。

怖くなったソフィアは、子どものころに心細くなったときのように、思わずカイルの首に抱きついていた。その仕種《しぐさ》に聖爵が、くすりといとおしそうな笑みを零したことに気づく余裕さえない。

「フェリシアは……とても素直だな。楽しいと思えば笑顔になるし、むっとすれば口を尖《とが》らせて、男に近寄られればすぐに顔を真っ赤にして……怯えれば、私に抱きついて……そんな君を見ているのは飽きないよ」

くすくすと笑われているのは、つまりソフィアが子どもっぽいということだろうか。

また唇を尖らせていると、カイルはそんなソフィアの頬にまたキスをする。

「もっとたくさんの顔を見たくて……その顔をほかの男に見せたくなくて……私は気が狂いそうになる」

カイルの言葉が甘くて、ソフィアの心臓はときめいてばかりだ。

――わたしも、カイルお兄さまの……こんな顔を見るのは初めて……。

腕に抱きあげたソフィアを見上げるカイルは、青い闇のなかでどこか苦しそうにも見える。

整った頬骨の高い顔立ちをわずかに歪《ゆが》めて、夜のような青い瞳にはちらちらと情欲の炎が見える。まるで本当にソフィアに恋をしているみたいだ。

「カイル……さま？」

首を傾《かし》げながら顔をのぞきこむと、カイルはソフィアに軽くキスをした。

「大聖堂が怖いなら、狭いところに行こうか」

怯えを見抜かれていたのだろう。カイルはソフィアを祭壇の隅にある告解室に連れていった。

聖殿の告解室は自分の罪を司祭に告白し、改心の誓いを立てる小部屋だ。

木製の小部屋は聖なる鳥レアンディオニスが華麗に彫塑《ちょうそ》され、大聖堂のほかの場所と同じように美しい装飾が目を奪う。けれども、その美しさは告解室がなんのためにあるのかと思うと、罪悪の象徴のようにも感じて、少しだけ怖い。

怯えながらなかに入ると、斜め格子の窓は曇りガラスになっていて、誰が入っているかが見えないようになっていた。

「フェリシア……」

熱っぽい声で名前を呼んで、カイルは狭い告解室の壁際にソフィアを下ろした。

カイルの色気を帯びた声でささやかれると、それが偽物の名前でもやっぱり胸がときめく。

答えるように、ソフィアも潤んだ目でカイルを見上げていた。

部屋のなかは小さな花の形のシェードランプがひとつだけで、仄《ほの》かに暗いカイルの顔がキスしてくると、これが背徳的な行為に思えて、どきどきする。

カイルの手がドレスの留め金を外し、ソフィアの胸を露わにするとなおさら。

――聖なる場所でその守護者であるべき聖爵に淫らな行為をされるなんて……。

一瞬だけ、昼間の禁欲的なまでに詰め襟の長衣を着たカイルの姿を思い出して、ソフィアはぞくりと身を震わせた。

ソフィアを壁に押しつけたまま、カイルはもどかしそうに胸元に唇を寄せる。

「君をこの手で乱して私のものだという痕をつけて、めちゃくちゃに犯してしまいたい……そうしたら、アレクに手を出されたりしないだろう?」

ちゅっと音を立てて胸にキスしたあと、カイルはソフィアの膨らみを吸いあげる。

ドレスの上衣から見えている場所だ。人に見られたら、ソフィアが抱かれたことがわかってしまう。

「だ、ダメぇ!　胸元に痕をつけられたら、こ、困ります……猊下に抱かれたと知られたら、わたし……」

修士のハンスは俗世のことには疎くて、いつものとおり気にしないかもしれないが、マレーヌやアレクに見られたらどうだろう。

どちらに見つかっても面倒なことになる予感しかしない。

身をくねらせて逃れようとした半裸のソフィアを捕まえて、カイルは背中から抱きしめた。

「君に選ぶ権利はないぞ、フェリシア。アレクなんかとダンスを踊って手に口付けられたお仕置きなんだからな、これは」

意味がわからない。なのに露わになった胸をカイルの大きな手で愛撫《あいぶ》されると、ソフィアの体は愉悦に熱をあげる。

カイルはソフィアの手袋に歯を立てて脱がせると、遠慮なく床に落とした。それはまるで、彼がソフィアを性急に求めている仕種に思えて、告解室でさらに肌をさらしている背徳もあってなおさら、どきどきしてしまう。

「あっ……あぁん……やぁっ、胸の先が、壁に当たると、冷たくて……やぁん……ッ！」

カイルの手が次第に激しくソフィアの胸を揉《も》みしだいて、赤い尖りが芯を持って起ちあがっていた。

その赤い粒が告解室の壁に当たるのが、冷たい刺激となって快楽を昂ぶらせる。

鼻にかかった嬌声《きょうせい》をあげるソフィアの欲望は、とっくに見透かされているのだろう。

カイルはソフィアを壁に凭せかけたまま、乱暴にスカートを捲《めく》りあげた。

ペチコートごとたくしあげられると、足元がすぅっと涼しくなる。しかも驚くほど手早く、ズロースの紐《ひも》を解いて床に落としてしまった。

服の上で揺れる胸の白い双丘。剥《む》きだしになった脚にはガーターベルトがお情けていどに残っているだけ。ソフィアは形のよい臀部《でんぶ》をカイルに突き出すような淫らな半裸状態にさせられていた。

「フェリシアのかわいいお尻が震えているね……アレクとダンスを楽しんで君が感じたのかどうか、確かめようか」

ソフィアの脚と脚のあいだに自分の膝を入れ、カイルはうしろからソフィアの秘部に指を伸ばした。

「あぁンっ……ひ、ぁ……指を、あまり動かされると……ひゃうんっ」

淫唇はソフィア自身が自覚していた以上に濡れていた。粘ついた液を潤滑油にして、カイルの指は柔襞を擦りあげる。

「おかしいな……アレクとは事務的にダンスを踊っただけというのに、どういうことだ？　もうこんなに濡れているじゃないか……フェリシア？」

脅すような低い声が耳朶《じだ》を震わせるあいだも、カイルの指は動きを止めない。ぬるぬると、滑りよく淫唇を弄ばれると、艶めかしい官能が腰の奥に疼いて、ソフィアはたまらずに腰を揺らした。

「ンンぁっ、だって……本当にあれは、ただのダンスで……あぁん、わたしが濡れているのは、カイルさまのせいです……ひゃぁあ……あっ、あっ！」

ソフィアが賢明に言い訳するうちに、背後で衣擦《きぬず》れの音がしたのは、カイルがトラウザーズの前を寛《くつろ》げたのだろう。

媚肉を開かせるようにお尻を摑まれ、淫唇が擦れるだけでも辛い。ソフィアはひっきりなしに「あっあぁんっ」というあられもない嬌声をあげて、びくびくと背筋を這《は》い上《あ》がる快楽に責め立てられていた。

「それはどうかな……あんなに真っ赤になってアレクを見つめる君は『いますぐわたしを犯して』というくらい、あいつを誘う顔をしていたからな」

「ンぁ……あぁン、あっ……知らない……もぉ、やぁん……あぁっ、あっ……く、ぅ」

正直に白状しろと尋問でもされているみたいだ。

ソフィアが鼻にかかった声を零しながらアレクに対する疑惑を否定するそばから、カイルは嘘《うそ》だろうといわんばかりにぷっくらと膨らんだに肉芽を扱く。

そのたびに、激しい愉悦がソフィアのつま先から頭の天辺《てっぺん》まで走り、立っていられない。ずるりと壁についた手から力が抜けて、くずおれそうになった。

カイルにしてみれば、華奢《きゃしゃ》なソフィアの腰を腕に抱きかかえるのは、朝飯前なのだろう。体を支えながらも、ソフィアへの責めたてをやめない。

カイルの激しい愛撫で擦られる淫唇は、さらにいやらしい愛液を零す。骨ばった指がひどく感じるところを掠めるたびに、痛いくらい、膣道が愉悦でずくりと収縮した。

秘裂を嬲られるたびにソフィアの華奢な体は揺れて、濡れた唇からは「あっあっ」という短い嬌声が零れる。

――いくら大聖堂に誰もいないからって、こんなに大きな声で喘いでいたら、告解室の外に聞こえちゃう……！

静かな大聖堂に自分の淫らな声が響くのを想像すると、この聖なる場所での背徳的な行為に、なおさら体は鋭敏に感じてしまう。

自分の口から漏れる嬌声も耐えられなくて、ソフィアは手で口を覆って耐えた。

「んんぅ、ぐぅ……うう……」

敏感になった淫唇に硬いものを当てられて、ソフィアはぎくりと身を強《こわ》ばらせる。声を抑えたいのに難しい。昨日、抱かれたときのことを思い出して、体は勝手に熱をあげる。

「フェリシア、声を殺すな。もっと淫らに蠱惑的《こわくてき》に啼《な》け……おまえのその、かわいい喘ぎ声を聞くと、怒りが沸き起こるほど情欲を掻《か》きたてられる……」

カイルのほうこそ、ぞっとするほど情欲に満ちた低い声を出して、ソフィアの背筋を震えあがらせる。しかも、ほら嬌声をあげろといわんばかりに、のどに指を滑らされると、それだけで鋭敏になった肌には辛い。

「ひゃ、あぁ……カイル、さまぁ……無茶を言わないで……くださいませ……あぁんっ」

いやいやと首を振りながらも、淫唇を擦られると、ソフィアはすぐに鼻にかかった声をあげてしまう。気がつけば指じゃなくて、カイルの肉槍を押しつけられていた。硬く起ちあがった肉槍が鋭角にソフィアの秘処を蠢《うごめ》くと、敏感になった淫唇に狂おしいほどの愉悦が走る。

昼間の静かな威厳を持ったカイルはどこに行ったのだろう。

ケダモノみたいにソフィアを欲望に駆り立てて、むさぼり食らうなんて。

そんなカイルの豹変《ひょうへん》にさえ、執着されているようでイヤじゃない自分もどうかと思う。

「昨日まで、快楽を知らない体だったはずなのに……こんなにすぐに愛撫に反応して、淫らな教育をすぐに覚えてしまういやらしい体だな……」

カイルの両手はフェリシアの双丘をいやらしい形に変えて揉みしだき、愉悦に揺れる腰は、硬く反り返る肉槍に責め立てられる。

「んあぁっ、カイル、さまぁ……やぁ、わたし、わたし、気持ちよすぎて……あぁんっ……もぉ……ダメぇ……」

ただ責め立てられるだけではなくて、もっと強い快楽になにもかもを流されてしまいたい。

胸への愛撫も淫唇を擦りあげられるのも愉悦を昂ぶらされるのに、絶頂に至るほどではなくて、もどかしい熱に体の内側が灼《や》かれるばかりだ。

身悶《みもだ》えして、鼻にかかった声をあげるソフィアは、自分がどれだけ艶《なま》めかしい格好でお強請《ねだ》りしているのか、その自覚はない。

「カイルさまぁ」と甘えた声で名前を呼んだところで、自分に覆《おお》い被《かぶ》さる聖爵がごくりと物欲しそうに生唾を飲みこんだことさえ。

「フェリシアの体は……初々しくて健康的なのに、男を誘う色気が漂うのが邪悪だな……このかわいらしいお尻も、つんと赤い蕾《つぼみ》が突き出た乳房も……もっと私しか感じないように調教してやろう……アレクなんかに見向きもしないように」

くりくりと胸の尖りを指先で転がされるだけで、快楽がひっきりなしにソフィアを翻弄する。

「あぁんっ……やぁ、胸が、感じすぎて……んぁっ、あぁんっ、カイルさまぁ……アレクさまなんて……関係ない……ひゃああっ」

いいわけをしようとしたそばから強く胸の蕾を捻《ひね》りあげられて、甲高い嬌声があがる。

「アレクの名前を口にするな、フェリシア！……んんぅ……アレクになんか、渡さない……フェリシア……」

カイルはソフィアの後れ毛を掻きあげて、露わになったうなじに唇を這《は》わせた。

首筋へのキスは、何回されてもどきどきする。ただ、愛撫に肌が粟立《あわだ》つというだけではなく、獰猛《どうもう》なケダモノに捕食されている心地にさせられるからだろうか。

――わたしは、カイルお兄さまのものだから……お兄さまに食べられてもいいわ……。

「カイルさま、わたし……あぁっ……あっあっ……ンあぁ――……ッ！」

指先や淫唇に与えられるカイルの責め立てが激しくなると、ソフィアは腰の奥が痛いほど疼いて、その空隙《くうげき》が期待に咽《むせ》ぶのを感じた。

下肢の狭間《はざま》を嬲るだけじゃなく、早くこの空隙を埋めてほしい。そう思うと、カイルの肉槍をより感じたくて、自然と太腿《ふともも》を閉めていた。

「くっ……フェリ、シア……バカ……！　もう……挿入するぞ。今日は一度、精を吐き出す余裕が保てそうにない……う、く……ッ！」

珍しく余裕がない言葉を浴びせかけられたかと思うと、硬く膨らんだカイルの男根を淫唇に突き入れられる。

「ひゃ、あああぁ……ンあぁっ、あっ……！」

ずっと感じさせられていただけの空隙が、突然みっちりと硬いものに穿《うが》たれて、ソフィアは悲鳴めいた嬌声をあげた。

昨日処女を失ったばかりの膣道はまだ狭い。

どんなに感じて愛蜜に濡れそぼっていても、突きあげられると苦しい。しかも、穿たれたカイルの肉槍は昨日よりもずっと大きい気がして、ソフィアは苦悶《くもん》に呻《うめ》いた。

「やぁ、大き……こんなの、無理ぃ……ひゃ、う……くっ、あぁ……」

狭隘《きょうあい》な膣道は、カイルの肉槍とともに引き攣《つ》れて、臓腑を迫《せ》りあげる。

肉槍をずずっ、と奥に進められて鋭敏になったところを掠めると、腰が砕けそうな快楽が走るのにやっぱり苦しい。

なのに、ふるふると首を振るソフィアの太腿を開かせるようにして、カイルは肉槍を少し引き抜くと、角度を変えてまた奥を穿ったからたまらない。

「息を吐いて……力を抜け、フェリシア……いい子だから」

急にやさしい声を出されても騙《だま》されない。そう思ったのに、明確な指示を与えられて、考え

るより先に従っていた。

苦しい息を吐くと、体の力が抜けて、その分奥へと、肉槍が突き進む。

「狭いな……フェリシアの膣内は……くっ、締めあげられると、精を搾りとられそうだ……ん、くっ……」

「ふぁ、あぁん……だ、だって……どうしたらいいか……わから、ない……ンあぁっ……！」

苦しいのに、ソフィアの膣道は理性とは別に、カイルの肉槍を欲しがって疼き、激しく蠕動《ぜんどう》する。

「んんっ、あぁっ……あぁっ、カイル、さま……カイルさまは……わたしを、抱いて……気持ちいいんですか？」

快楽に翻弄されるのとは別に、カイルに激しく責め立てられると、女としての欲が満たされるのをソフィアは感じていた。

「マ、マレーヌさん、みたいに……綺麗で、豊満な体つきでなくとも……わたしを抱くので、猊下が満たされるなら、わたし……いくらだって、抱かれますから……」

——だって、カイルお兄さまのお役に立てるの、うれしいもの……。

カイルの妻といっても、離れて暮らすだけで、ソフィアはなにもしてあげられなかった。

一方で、カイルは恩師の娘だというだけで、ソフィアと結婚してくれ、その生活だけでなく、いろんな権利を守ってくれた。

大人になったいまにして思えば、ソフィアと結婚したことで、カイルの人生を変えてしまったのではないだろうか。

「なんで……ここで、マレーヌの名前が出てくるんだ……フェリシアは……ん、く……動く、ぞ……」

ぐぐっと膣が引き攣れるように動いて肉槍を引き抜かれると、肌を打ちつけるようにして、また奥を突かれる。

「ひゃあっ、あぁ……だ、だって……猊下は、わたしが聖殿に来たとき、マレーヌさんと仲良さそうにしていた、から……」

自分の旦那さまが綺麗な女性と仲睦《なかむつ》まじそうにしていたら、誰だって気になるに決まっている。

そう言いたくて、ソフィアは口がむずむずした。

――いま、言ってしまおうか……わたしがソフィアだって……。

そして、今度こそカイルといちゃいちゃした新婚生活を送るのだ。こんなにもカイルがフェリシアのことを求めてくれているのなら、きっとなんの問題もない。

そう決意するそばから、カイルの苦い声が背中から降ってきた。

「たぶん、私は君の処女を奪ったことを告解すべきなんだろうな……無垢《むく》で初々しい体を、自分の欲望のために貪り食ったことを……」

ぎゅっと強く抱きしめながら言われて、どきりとした。

ソフィアにしてみれば、旦那さまであるカイルに抱かれるのは、なんの問題もない。

もちろん、また十八才にならないソフィアを抱くのは契約違反だけれど、でもそれもあと数カ月の違いでしかない。けれども、カイルにしてみれば、嫁入り前の娘の処女を奪ってしまったも同然なのだ。

聖職者としてあるまじき行為をしたと、苦悩しても不思議はない。

ソフィアは自分だけしあわせを感じていたことが急に恥ずかしくなってしまった。

——わたしって、なんて自分勝手なの……。

「ち、違うの、カイルお兄さま……わたしが、お兄さまに抱かれたかったの……だってそうしたら、白い結婚は終わりだから……わたし、ソフィア、なの……！」

途中で言《い》い淀《よど》まないように、一息に言い切る。

——言った。言ってしまった……！

カイルは頭がよくて、いつもソフィアの考えを先回りして察してくれていた。

たぶん、この告白だけで、なぜソフィアがカイルのもとにやってきたのか、もうわかってしまっただろう。

——カイルお兄さま、わたしは、カイルお兄さまと離婚したくないの……！　どんなことをしてでも！

ソフィアとしては、これでカイルの苦悩も軽くなるのだろうと思ってした告白なのに、自分の体を抱きしめる腕は力が強くなるばかりだ。

苦しくて、身じろぎすることもできない。

「君は……本当に、淫らで邪悪な娼婦《しょうふ》のようだな……私が本当にわからないとでも思っていたのか？」

「え……？　あぁんっ……あっあっ……待っ……カイル、お兄さ……ひゃ、う……あぁんっ！」

ソフィアの答えなど聞かないとばかりに抽送を速められ、まともな思考が吹き飛びそうになる。

——待って……カイルお兄さま。どういうことなの？　もっと、ちゃんと説明して……！

快楽の強い波に襲われて、ものを考えることができなくなる。そんなソフィアの髪にカイルは指を挿し入れて、夜会のために結いあげた髪を乱すように愛撫した。

「最初はよく似た娘だと思った……本当にソフィアがこんなに大きくなっているとは、想像もできなくて……新しい侍女を雇うかどうか決めるために、無理を言ったつもりだった」

それは最初に会った日のことだろうか。

ソフィアだってカイルではなくて、もし見ず知らずの雇い人がいきなり膝抱っこしようとしたら、逃げ出すに決まっている。

「で、でも……じゃあなんでカイルお兄さまは『ソフィアなのか？』と聞いてくださらなかったの？　わたし……あぁっ、やぁ……いまは、動いちゃ、だめぇ……！　あっあっ……」

まるでソフィアの問いかけを封じるように、カイルは腰を揺さぶった。いまだ硬度を保ったままの肉槍をソフィアの膣道はすっかりと咥《くわ》えこんで、すこしでも動かれると、ずくりと激しい疼きが走る。

すぐに快楽に翻弄されてしまうソフィアと違って、カイルはまだ冷静さを残していて悔しい。

低く腰に響く声で自分の本当の名前を呼ばれるだけで、ソフィアは感じてしまうというのに。

「あんなマイナーな詩篇《しへん》を好んでわざわざリクエストするなんて、ソフィアだと言っているも同然だ……バカだな……」

ため息をつくように言う『バカだな』という言葉には、紛れもない愛情がこめられていて、胸が熱くなる。

髪をかき混ぜながら、また体を強く抱きしめられるなおさら。

「私のなかではまだ、ソフィアは小さな子どもで、ソフィアを妻として抱くことなんてできないと――そう思っていた」

カイルの告白を聞いて、やっぱりと思う。この聖殿に来てすぐに、フェリシアがソフィアだと秘密を明かしても、きっと無駄だった。

そう悟るとともに、じゃあいまはどうなのだろうと思う。

──こうやってわたしを抱くのは……カイルお兄さまがもう、わたしを子ども扱いしていないってことでしょう？

祈るような気持ちで目をぎゅっと瞑ると、カイルの苦い声が続いた。

「なのに、アレクが、君に手をかけているのを見て、目の前が真っ赤になった……気がつかないうちに、私は君に惹かれて……独占欲を滾らせていたんだと……そのとき初めて気づいた」

独占欲という言葉に、どきりとする。

カイルはフェリシアのことをソフィアだと気づいていて、赤の聖爵アレクに触られたくないと思ったということは、つまり。

──カイルお兄さまは、わたしのことが好きだとおっしゃっているのよね……？

「無邪気で一生懸命で愛らしくて……君は昔からなにひとつ変わっていない、ソフィア。フェリシアが私に笑いかけるたびに、昔の面影がよぎって、もしかして……と思うようになっていた。もしかすると、この娘はソフィアではないかと……」

だからなのだ。もしかすると、何度かソフィアはカイルに試されていた。カイルとしては、なにかひっかかることがあって、フェリシアがソフィアではないかという証拠を探していたのだろう。

でも、ソフィアにしてみれば、隠しているようで本気で隠しているわけじゃなかった。

だって、別に知られたところで、ソフィアはカイルと離婚しないと決めているのだ。もしバレてしまったのなら、そのときは正当な妻としての権利でカイルのそばにいるだけだ。

カイルは肉槍を穿ったまま、ソフィアの体をくるりと回すと、太腿を持ちあげるようにして、また深く抉《えぐ》るような抽送をはじめた。

愉悦に蕩けたソフィアは、がくがくと体を揺さぶられて、次から次へと沸き起こる愉悦に襲われる。

なにか口にしようにも、「あっあぁんっ」という短い喘ぎ声を漏らすばかりで、真っ赤になった顔に乱れた髪が張りつくのさえ、どうすることもできない。

そんなソフィアの首を抱き寄せて、カイルはむさぼるようにキスをした。

「んん……君を抱くつもりはなかったのに……んっ……ソフィア……」

唇を塞がれて、また角度を変えて口付けられると苦しい。

苦しいのに、食らいつくようなキスにも、ソフィアだとわかってされていたのだと思うと、震えあがるほどの喜びが沸き起こる。

「でも……いい。もし、離婚しても聖爵は初夜権を持っている……君がもう処女でなくても、誰とでも結婚することができるんだ……だから私が、ここにいるフェリシアという少女を無理やり犯したとしても、なんの問題もない……くっ……ソフィア……」

ぐっと脚を開かされると、肉槍の亀頭がいままでと違う膣壁を抉り、強い愉悦が腰を蕩かせた。感じるあまり、足に力が入らない。

そんなソフィアの体を壁に押しつけるようにして、カイルは何度も何度も口付けながら、ソフィアの体を肉槍で貫《つらぬ》いた。

「あっあぁ……ンン、ンあぁ……あぁんっ、カイル、お兄さま……ひゃ、あぁ――……ッ‼」

ひときわ甲高い嬌声をあげると、ソフィアの頭のなかは快楽で真っ白になる。

ぱん、と頭のなかで光が弾けて、つま先から頭の天辺まで愉悦の波に飲みこまれてしまう。

「なんでこんなに愛《いと》しくて淫らで……私を狂わせてばかりいる……ソフィアは……」

カイルの掠れた声が、真っ白な波に飲みこまれるソフィアの耳に届く。

ぶるっと膣道の奥で、肉槍が震えたかと思うと、熱い精を放たれていた。その熱にまた快楽を昂ぶらせて、ソフィアは絶頂に意識を手放したのだった。

第五章　旦那さまは絶倫オオカミ!?

告解室での情事があってから、カイルの振る舞いはエスカレートする一方だった。

「フェリシア、こっちへおいで」

なんて甘い声でささやくと手を掴まれて顔を寄せられ、ちゅっと頬にキス。

「な、なにを、なさるんですか！　お、お仕事中ですよ、猊下《げいか》！」

動揺したソフィアが真っ赤な顔で抗えば、その様子がまた嗜虐心《しぎゃくしん》をそそるらしい。有無をいわさずに膝の上に抱きあげられ、お仕着せの上からお臍《へそ》周りを撫《な》でられてしまう。

「やぁ……だ、ダメです、こんな、ところで……あぁんっ……！」

鼻にかかった甘い声を、誰かに聞かれたらどうしよう。ソフィアはカイルの腕のなかで身悶えするしかない。

――これが夢にまで見たカイルお兄さまとの甘い甘い新婚生活なの!?

間違ってはいないけれど、憧れとはなにかが確実に違う。そもそもカイルがこんなに精力絶倫だなんて、ソフィアは知らなかった。

数日前、告解室でフェリシアがソフィアなのだと告白したあと、カイルに体を貪《むさぼ》られて果てたソフィアは、いつのまにか、ベッドで寝ていた。

自分の部屋のベッドではない。

聖爵の私室の天蓋《てんがい》付きのベッドで、カイルの腕に抱えられるようにして眠っていたのだった。

身につけているのは、寝間着用の大きな貫頭衣だ。

「そんなに早くからわかっていたのなら、言ってくれればよかったのに……」

ため息交じりに独り言を呟《つぶや》くと、予想していなかったことに答えが返ってきた。

「できれば……ソフィアじゃなければいいと思っていたからだ」

静かな声とともにさわりと髪を撫でられる。

カイルの大きな手で髪を撫でられるのは心地よくて、ソフィアはしばらくされるままになっていた。

「君はまだ成人前の十七才で、私たちの結婚は白い結婚のままでなければいけなくて、青の聖爵の妻はセント・カルネアデスにいるはずがない――そうだな、ソフィア」

厳しい声で言われ、ソフィアはきゅっと唇を引き結んだ。

――カイルお兄さまに離婚の噂なんてなかったら、わたしだってこの聖殿にまで来なかったんだから……。

そう思うけれど、怒られて当然なことをしたのはわかっているから、口にできない。

ソフィアが黙っていると、カイルはそれを子どものときと同じように強情っぱりの沈黙だと受けとめたのだろう。

慰めるようにソフィアの体を抱きしめて、やはり静かな声で言った。昔のように、頑是ない子どもに言い聞かせるときの口調で。

「だから、ここにいるのは私の妻のソフィア・ヨーレン・フェリスではなく、人手不足のため雇われた侍女のフェリシア・ゴードンだ、いいな」

「別に、働くのがイヤだといっているわけじゃなくて……その……んっ」

しぃーっと、もうそれ以上言うなというふうに唇に指を当てられた。

「言い訳は聞かない。いますぐ聖エルモ女学院に帰るか、フェリシアとして残るか、どちらだ、ソフィア？」

そんなふうに言われたら、答えはひとつだ。

「……フェリシアとして残ります」

意気消沈して、そう答えるしかなかった。

カイルはソフィアの旦那さまであると同時に後見人でもある。もし強く命令されたら、どちらにしても逆らえない。

それにカイルはソフィアにたったひとり残された大切な家族だ。

その彼に嫌われたくない——そんな気持ちもあった。

けれどもいまのソフィアの状況はおかしい。侍女のフェリシアとして残ったはずなのに、ソフィアだと知られたあとも、ひっきりなしに手を出されているなんて。

「わ、わたし、猊下に休憩のお茶を持ってきただけなのに……やぁんっ」

首筋に鼻を埋められたソフィアはくすぐったさに喘いで、逃れようと身をよじる。

昼間の聖爵の執務室なんて、いつ誰が訪ねてきても不思議はない。

そんな場所で聖職者の長であるカイルの膝にお仕着せを着た侍女が乗せられているなんて、ふしだらにもほどがある。

なのに、肝心のカイルはといえば、一向に気にする様子はない。平然とソフィアの胸を撫でては情欲を掻きたてるばかりだ。

服の上から撫でられたとはいえ、胸の先を探るように責められれば、たちまちコルセットのなかの蕾は、硬く芯を持って起《た》ちあがる。

「あぁんっ……げ、猊下……ひ、人が来たら見られてしまいます……」

びくんと背を仰《の》け反《ぞ》らしてしまえば、胸を触られて感じたのはすぐに知られてしまうから、始末が悪い。

カイルの手はソフィアの胸を撫でるのをやめないで、意地悪い選択肢を突きつけられる。

「人が来たら困るというのは……つまり見られないように寝室に行きたいという意味か？」

「そ、そうじゃなくて……！」

どうしてそういう解釈になるのだろう。祝祭で、フェリシアがソフィアだと告白して以来、カイルはすっかりおかしくなってしまった。

もう祝祭は終わり、セント・カルネアデスの街も聖殿もすっかりいつもの落ち着きを取り戻している。ソフィアの仕事だって上級使用人としての範囲に収まり、一日中を使いのために歩き回ることもなくなった。

なのに、カイルはことあるごとにソフィアを執務室に呼びつけて、淫らな誘惑を仕掛けてくるのだ。まるで目を離していられないと言わんばかりで、悪い気はしないのだけれど、昼間はやっぱり困る。

「人に見られたっていいだろう？　聖爵の権力に挑戦する勇気を持つものがいるのかどうか、試してみたいものだ。それともソフィアのかわいい口で、俺の欲望を満たしてくれるというなら……それもいいな」

いつになく挑戦的な言葉を吐くカイルは、まるでこれから捕食をするケダモノの目をしている。

静けさを湛《たた》えた青い瞳が、ソフィアの翠玉《すいぎょく》の瞳をとらえて、ふっと相好を崩したかと思うと、唇を貪られていた。

「んんぅ……あぁっ、待って……ンンぅ……ッ！」

唇を唇で挟まれて、下唇をつーっと舌で辿《たど》られると、弄ばれているのは唇なのに、ぞわりと腰の芯が熱くなる。ダメ。カイルの膝の上で、足をすりあわせたら、キスで感じているのを気づかれる。

そうなったら、もう終わりだ。またソフィアは昼間からカイルに抱かれて、そのまま雪崩《なだれ》こむように夜まで貪られるに違いない。

喘ぐように息を吸いこんだ隙間から唇を挿し入れられ、するりと敏感になった歯列を撫でられる。のどの奥が切ないほど疼いて、どちらのものともつかない唾液を飲みこむころには、ソフィアはすっかりカイルのキスに蕩《とろ》かされて、抗う気力がなくなってしまっていた。

膝の上で身じろぎすると、お尻を突きあげる硬いものに気づいて、ぎくりと身が強ばる。

「フェリシアがかわいいせいで、もうこんなにさせられたのだから、責任をとってもらおうか」

厳然とした声で告げたカイルは、スカートとペチコートのなかに手を入れた。

おなかのあたりで骨張った手がもぞもぞと動いたかと思うと、ズロースの結び目が解かれてしまう。

ふっとおなかが楽になる感覚が怖い。

下着を脱がされるたびに、カイルの手が素早くなっていく気がする。

「猊下……ま、待って……いや、わたし……あぁん、ダメ。ズロースを脱がしちゃ……ひゃうんっ！」

膝の上で藻掻《もが》こうとしたのに、濡れそぼった秘処を指で擦られて、とっさに声が出た。

「いやだいやだと言いながら、こんなに濡れているな……ここまで感じていたら、体が辛いだろうし……私が楽にしてやる」

「ひ、ぅ……あぁ、け、結構です、猊下……やぁんっ……あぁっ、指、そんなに激しく動かれたら……あっ、あぁんっ！」

ぐじゅりと柔襞を押しのけて、蜜壺のなかで指を動かされると、ソフィアはびくびくと痙攣《けいれん》したように身を震わせて、早くも軽い絶頂に導かれた。

「あぁ……な、んで……」

達したばかりのソフィアの首筋に唇を寄せて、ちゅっちゅっとバードキスの愛撫を降らせるのもやめてほしい。

うれしいけれど、鋭敏になった肌が辛くて困る。

肌が粟立つのを、ぶるりと身を震わせて耐えたにしても、腰の奥はまだあつい熱がくすぶり、ソフィアの華奢な肢体をぞわぞわと快楽に侵していく。

しかも、カイルは漆黒に金糸の刺繍《ししゅう》が施された豪華な長衣のボタンを外して、トラウザーズの前を寛げている。

どういうことだろう。考えたくないけれど、このままの格好でいるのも怖い。執務室の扉には鍵がかかっていないし、取り次ぎのための人もいないのだ。

「ま、待ってカイルお兄さ、お願い……わ、わたしが……く、口で慰め、ます……」

口唇愛撫というのがあるらしいというのは、ソフィアも知識でだけは知っていた。いくら良家の子女しかいないといっても、女学院ではみんな、あけっぴろげに性の話をしていた。なにせ、同性しかいない。羞恥を感じることなく気楽に性戯の話も出ていて、そのさいにときおり話題にあがっていたのだ。

話を聞いたときは、男性器を口で咥えるなんて絶対にできる気がしなかった。けれども、こうやって何度もカイルに抱かれたあとでは、体がきついときにはまだ口で慰めるほうがマシに思えてくるから不思議だ。

「ほう……フェリシアのかわいい口で奉仕してくれるというのか……それは悪くない提案だ」

半ば自暴自棄めいた逃げ口上だったのに、カイルに認められたからにはやるしかない。

やっと解放されてカイルの足下に跪くと、大きなオーク材の机のせいで体が隠れてほっとする。入り口からはソフィアがいるのはわからないだろう。

それにしたって、本当にやらなければいけないのだろうか。

背凭れがあるいすに腰掛ける聖爵が、どこか突き放した表情でソフィアを眺めているのはまだいい。冷ややかな傲慢さはカイルの端正な顔とよく似合っていて、見上げていると胸がときめく。

けれども、前を寛げたトラウザーズから屹立《きつりつ》する肉槍は直視するのが難しい。

金糸の刺繍のある詰め襟の長衣も豪奢《ごうしゃ》な聖爵の肩掛けも素敵なのに、赤黒い肉槍は、すでに卑猥《ひわい》なまでに反り返り、カイルが精力絶倫なことを示している。

ソフィアは半ば恐怖のあまり、半ばその肉槍に貫かれたことを思い出して、ごくりと生唾を飲みこんだ。

――ああ、もぅ……こんなことをするなんて言わなければよかった！

そう思いながらも、帽子をとられて頭に手をかけられると、もう逃げられない。

「ほら、早くしろ……おまえがあまりにもかわいい声で啼くから、こんなになってしまったのだからな……まず、その可憐《かれん》な唇で咥えて、舌で丁寧に舐《な》めてもらおうか」

嗜虐的な声で言うカイルに促され、ソフィアは仕方なく、肉槍に顔を寄せた。

「ん、むぅ……」

ただ膝の上に抱かれていただけなのに、なんでこんなに大きくなっているのだろう。

口に咥えてみたところで、どうしたらいいかわからない。

「歯を立てないでフェリシア。唇の裏側で滑らせるように出し入れして……そう、上手だ。君は意外と淫らな性戯の才能があるぞ……フェリシア」

そんなことを褒められても、うれしくない。

でも、ソフィアの乏しい知識では口唇愛撫をすると、男の人は気持ちよくなるはずだった。

なのに、カイルはまだまだ余裕で、ソフィアの奉仕に感じている様子はない。

自分の性戯が拙いのはわかっているけれど、もっともっと感じてほしい。

ソフィアは必死になって、カイルの男根に舌を這わせた。

ひっかかりに舌を動かしたところで、「くっ」という呻《うめ》き声《ごえ》が降ってきたのに気をよくして続ける。途中から夢中になるあまり、手でも根元を扱いているとまた肉槍が硬度を増して、鋭角に起ちあがった。

「おい、フェリシア……くっ、もう……」

肉槍が元気になるのは感じている証拠だとばかりに頑張って、あむ、とまた口に含んだときだった。

「ちょっとお邪魔させてもらうよ」

そんな傲慢な声とともに扉が開く音がした。驚くあまり思わず軽く肉槍に歯を立ててしまい、カイルの大きな体がぎくりと跳ねる。

――この、声……まさか。

聞き覚えのある声は間違いない。赤の聖爵アレクシスの声だ。

「なんの用だ、アレク。いま、忙しいのだが」

顰《しか》め面《つら》に厳しい声を放たれる。

もし言われたのがソフィアだったら、この勢いに二、三歩下がるところだ。不機嫌さを隠さないカイルの顔も魅力的だけれど、やっぱり怖い。

自分が叱られたわけではないのだけれど、ソフィアは身をすくめたくなって、カイルの足のなかに——机の下ににじり寄って身を隠した。

それでなくても、赤の聖爵がソフィアは苦手だ。

こんな恥ずかしいところを絶対に見つかりたくない。そう思って息を潜めていると、足音が近づいてくるのが聞こえた。

「なんだ……彼女といちゃいちゃしているのかと思ったら、本当に仕事をしているのか。相変わらず真面目な男だな、君は」

「そういうおまえは、先日からやけに何度もセント・カルネアデスにやってくるな……どういうつもりだ」

訝《いぶか》しそうなカイルの問いかけに、アレクは笑って答える。

見えないからソフィアの想像にすぎないけれど、たぶん彼は、肩をすくめたのだろう。わずかな間を置いて、答えが返る。

「あの女の子——フェリシアといったかな。彼女が気に入ったから口説こうかと思ってね」

『フェリシア』というソフィアの偽名を口にされたとたん、カイルは息を飲んで、拳をきつく握りしめた。

「——どうせ彼女、すぐに独身になるんだろう？　君はマレーヌとよろしくやればいい」

含みを持たせた言い方に、今度はソフィアの身が強ばった。

それで万事解決だと言わんばかりの、自分の言葉に絶対の自信を持つ物言いだ。

――カイルお兄さま、わたしと離婚なんてしないと言ってやって！

ソフィアはそう言葉にする代わりに、促すようにカイルの肉槍を口に含んだ。

「う……！」

「どうかしたのか？　ああ、そうだ。そういえば、彼女、うちの領の人間なんだよね。デートしてくれるなら、いつでも便宜を図ってあげると伝えてくれ」

ソフィアが肉槍を口に含んだせいで、カイルは苦しそうな声をあげたまま、アレクのとうとうとしたおしゃべりに口を挟むことさえできないようだ。そこに、

「失礼いたします。法王猊下《げいか》から書簡が届いてます……あ、赤の聖爵猊下」

ハンスが聖殿経由の郵便物を届けに来たのだろう。

修士の少年は声をかけて執務室に入ってきたあといつも、肩掛けのない詰め襟の長衣で赤の聖爵にお辞儀をする。かすかな音を机の下で聞きながら、ソフィアはその情景をありありと思い描くことができた。

――カイルお兄さまが早くふたりを追い出してくれないと、わたしが外に出られないわ！

不満を示すように口腔《こうこう》をすぼめて、きゅっとカイルの肉槍を締めあげる。すると、体格のいい体がびくんと跳ねて、「く、ぅ……」という苦悶の声が漏れた。

それでも体を伸ばす気配がしたから、ハンスから書簡を受け取り、中身を確認したのだろう。

「やっぱり法王猊下も気になさっているみたいだね……君が離婚を匂わせるようなゴシップをわざわざ提供するのがなぜか、猊下はご存じだよ」

「うるさい。おまえはよその聖殿まできて、こちらの仕事を邪魔しに来たのか⁉」

「おー怖い……君は相変わらず真面目だな。引き継ぎもあるんだし、そろそろ城館にも家令や執事を雇ったほうがいい。いい上級使用人がいるとすぐにフェリス伯爵領に送ってしまうんだから」

『フェリス伯爵領』という言葉にソフィアはぎくりと身を強張《こわば》らせた。

──どういうこと、なの……？

ソフィアはもうずっとフェリス伯爵領に帰っていない。

赤の聖爵がたびたびやってきているように、赤の聖爵の聖教区内にあるフェリス伯爵領はセント・カルネアデスから近い。

船に乗れば、たぶん、一日で懐かしい領地屋敷《カトル・ラントレー》に着くはずだ。

それに、こんなに大きくなったソフィアなら、もう叔父に無理やりさらわれる羽目にはならないだろう。

そう思いはじめると、懐かしい思い出が次から次へと沸き起こり、疑問を忘れそうになる。

──フェリス伯爵領はカイルお兄さまが管理してくださっているはずだけど、そのせいでセント・カルネアデスには上級使用人がいないの？　それでお兄さまは忙しいの？

聖エルモ女学院に入れられたばかりのころは、ソフィアはまだ子どもでさまざまな管理のことはなにもわからなかった。

でも、学院で勉強するのだってお金がかかるし、なにより貴族や金持ちの子女ばかりが通う学院だ。授業料だって安くはなかったはずだ。

そういったなにもかもの手配や管理を、カイルはずっとひとりでやってきたのだろう。

――わたし、本当になにも知らなかった……。

机の下でしゅんとなっていると、いつのまにか訪問者は去っていたらしい。カイルの手に腕を摑まれて、無理やり外へと引きずり出された。

「こ、の……いたずらな悪女め！　アレクに知られたら、なにを言われるかわからないところだったんだぞ⁉」

カイルの声は怒っているけれど、甘い。

だから思わず油断していたのだろう。立ち上がったソフィアはカイルの手でわけがわからないうちに、膝の上に乗せられていた。しかも、お仕着せのボタンを外され、素早く肩まで露《あら》わにされてしまう。

まだ人の気配がなくなったばかりの執務室で、肌をさらされるとどきりとした。

「わ、ま、待って、猊下……口で奉仕したら、許してくれるって言ったのに……あぁんっ！」

身をよじって逃れようとするソフィアの体を押さえつけて、カイルはコルセットの上に双丘を掬《すく》い出した。

　ふるりとまろびでた白い胸には、ところどころにカイルに吸いあげられた跡が残り、淫らに見える。大きな手で揉みしだかれるとなおさら、赤い蕾が揺れ、ソフィアの体は淫欲をそそる艶めかしさが漂うのだった。

「あぁんっ、胸、強くされると……は、ぁ……人が、来ちゃう……猊下……あぁんっ」

　聖爵の執務室という、いつ誰が来るともしれない場所で胸を揉まれているせいだろうか。ソフィアの胸の先はいつになく硬く尖り、勝手に疼《うず》いていた。

　形を変えるほど乳房を強く摑まれて、ソフィアはカイルの膝の上で、身悶えた。

　こんなときでさえ、カイルに快楽を教えこまれた体は確実に愛撫に反応してしまう。

「私の妻の体は素直で、調教のしがいがあるよ……んん」

　鼻の先を首筋にあてて話されるとくすぐったい。

　さっきから弄ばれていたせいか、人が来て緊張したのも、快楽のための刺激になってしまったのだろう。カイルの指先がくりくりと胸の尖りを転がすと、ソフィア体はびくびくと愉悦に跳ねた。

「ああっ、だ、だって、カイルお兄さまが……そうやってわたしを責め立てるから……ンあぁんっ」

　指先で乳首の括《くび》れをきゅうっと強く摘まれるとなおさら、甲高い嬌声がソフィアの口からほとばしる。

　両手で双丘を捕まれて、胸の蕾を見せつけるように上向けられ、充血したかのような鮮やかなピンク色がつんとが尖っているのがよく見えた。

「ほら、こんなにかわいい蕾が熟れて誘っているのを、抓《つま》んで食べないわけにはいかないだろう?」

　そう言って、胸の先を弾《はじ》かれると、カイルの思惑どおり、ソフィアは「あぁんっ」と鼻にかかった声を漏らす。またさらにきゅっと硬く窄《すぼ》まった蕾の先端を親指の腹が擦ると、絶え間ない愉悦に襲われた。

　ぞわりと背筋に震えが走り、胸の先だけでソフィアは軽く達してしまった。

「ふぁあ……やぁ……ズロースが……濡れ、ちゃう……」

　下肢の狭間からははしたないほど蜜が零れて、下着にまで届きそうなほどだ。

　恥ずかしさに身をくねらせる様子がかわいらしくて、カイルは蕩けそうな顔で少女を抱きしめている。

　そんなカイルの表情にソフィアが気づく余裕はない。

「では、どれだけ濡れているのか、私が確認してやろう」

　ソフィアの呟きに応えるようにカイルが言う。

　このところ、何度もソフィアを抱いたせいだろうか。カイルは心得たようにすばやくスカートとペチコートをまくりあげ、ズロースの股割れへと指を伸ばしてしまった。ぬるりと濡《ぬ》れた秘処に指を滑らされる感触は、何度されてもぎくりと身が震える。自分の体の隠された場所に他人の指が触れることがこんなにも快楽を呼び覚ますなんて。

ぞわりと背筋に電気のような快楽が走り、ソフィアは露わになった胸を揺らして、震えあがるほどの快楽に耐えた。

「だ、めぇ……あぁ……本当に本当に、ダメなの……もう、わたし……お仕事が、なにもできなくなっちゃうからぁ……あぁんっ……指、動かさないでぇ……」

そう訴えるそばから、割れ目をするりと辿られて、びくんびくんとソフィアは身を震わせた。

「ふぁっ……カイルお兄さまの指が、汚れてしまいますから……あぁん、もぉ、許して……は、あぁん……」

ぐじゅぐじゅと蜜壺をかき混ぜる骨張った指は、ソフィアのいやらしい蜜がさぞかし絡みついているだろう。

詩篇を詠唱するときに、蛇腹状の聖典を開く指先を自分のいやらしい蜜が侵しているのだ。

そう思うと、背徳的な愉悦を感じて、また体の芯が熱く疼いてしまう。

「カイルお兄さまは、聖爵でいらっしゃるのですし……こんな、ことは……およしになってください……んんっ」

沸き起こる愉悦に耐えてどうにか口にしたのに、ソフィアの窘《たしな》めなど聞かないとばかりに感じる肉芽を擦りあげられた。

言葉を途中で封じられて、ソフィアははぁはぁと荒い息を吐く。

「そもそも、君が悪いのだぞ……人が話をしているところで、私のものを咥えていたずらするような妻をどうしてくれようか……ん」

いとおしさを隠さない声で言うと、カイルはソフィアを振り向かせて、無理やりな姿勢で口付けた。

ソフィアだと知ってもなお、カイルのキスはように激しい。その激しさに灼かれて、息が苦しいのに、ソフィアは簡単に溺れさせられてしまう。

唇で唇を挟まれて引っ張られてと弄ばれているうちに、下唇が濡れて鋭敏になり、ソフィアはまた愉悦の波が高まるのを感じた。

――『妻』……そう、わたしはカイルお兄さまの妻なのだもの……赤の聖爵なんて関係ないわ。

彼の話ではまるで、ソフィアとカイルは絶対に離婚するかのようだ。

こんなにもカイルはソフィアを求めてきて、ひとときもそばから離さないくらいなのに、なんの根拠があって、あんなことを言うのだろう。

ソフィアが考えごとをして、口付けへの反応が悪くなったのに気づかれたのか、カイルはキスを終えると、ソフィアの頬をゆっくりと撫でて言った。

「こうしていると……新婚さんみたいだな……」

「みたいじゃなくて……新婚なんです、カイルお兄さまってば……ソフィアと結婚していることを忘れてしまいましたか？　それともやっぱりマレーヌさんのように艶やかな女性でないと、妻だと思えないのですか？」

自分のことを名前で呼びながら、子どもっぽく唇を尖《とが》らせる。

理性では、ソフィアはカイルの妻なのだし、白い結婚の契約の件をのぞけば、ふたりがいっしょにいることはなんの問題もないとわかっている。もちろん、仕事に支障があるというのはまた別の問題だけれど、それだってささいなことだ。

ただほんの数ヶ月、ソフィアのことを妻だと公にできないだけ。

ソフィアとしてはそう思っている。しかし、アレクの言葉も気になるし、カイルもときどきひっかかる物言いをする。

そのたびに、やっぱり本当は自分と離婚して、他の人――たとえば、マレーヌと再婚するつもりなのではとの不安がよぎるのだ。

そんなソフィアの不安を慰めるようにカイルは白金色の髪を撫でて言った。

「確かにマレーヌは女性的な魅力にあふれた人だ。彼女を妻にしたいと思う男はたくさんいるだろう……」

自分以外の女性を褒める言葉を聞いて、ソフィアは胸がちくりと、針でされたように痛むのを感じた。

カイルがアレクに嫉妬する気持ちの一端を初めて理解した気がする。

意気消沈したソフィアの耳朶をやさしく揺らすように、カイルは低い声で続けた。

「でもね、ソフィア。誰もが自分にないものを羨《うらや》むようにできているんだよ。君は彼女に劣等感があるようだが、マレーヌが持たない魅力を、ソフィアはたくさん持っているんだ」

「マレーヌさんが持たない魅力……わたしに？」

「そうだよ、かわいいソフィア」

本当だろうか。半分疑いながらも、ソフィアの父親であるフェリス伯爵曰《いわ》くの説得力のある声で言われると、信じたくなってしまう。

この聖殿で再会したときからそうだけれど、カイルはソフィアの白金色の髪に思い入れがあるらしい。ソフィアの髪を一房、手にとると、いとおしそうな仕種《しぐさ》で口付けた。

「ソフィアは薔薇《ばら》はいつがいちばん美しいか知っているか？　初夏に花芽がついたのがやがて堅い蕾が綻び、いましも花が開こうとする瞬間、薔薇はもっとも美しくなる」

突然の話の違いにとまどったけれど、ソフィアは賢明にも口を挟まずに、黙ってカイルの話を聞いていた。

子どものころもよく、カイルは辛抱強くソフィアにいろんな物語を聞かせてくれていたし、多分自分の問いかけの答えが含まれているのだろうと思ったからだ。

まるで聖殿の祭壇に立ち、礼拝を執り行うときのように、カイルは響きのいい声で話の続きを口にする。

「私にはね……君はこの咲き初めの薔薇のように思えるよ、ソフィア。君は一生懸命で、はち切れんばかりの笑顔で私たちを明るい気分にしてくれる。朝露に濡れたみずみずしい蕾だ。健康的で生命力にあふれている」

女学院で長年過ごしていたソフィアは、そんなことを言われたのは初めてだ。

これは自分で想像したより恥ずかしい。真っ赤になったソフィアを見て、カイルはまたくすりと、眩《まぶ》しそうに目を細めて笑う。

「一方で、そんなふうにね……君の頬に触れたとたん、真っ赤になって恥じらう様を見せられると、私はひどく誘われた心地にさせられる——君を自分のものにして、なにもかも奪ってしまいたくて仕方がないんだ……ソフィア」

そんな言葉を吐きながら自分に触れるカイルの指先は甘い。見つめる青い瞳もやさしくて、ドキドキしてしまう。

——そう、なのね……そんなふうに……カイルお兄さまはわたしのことを思ってくれているのね……。

少し前までソフィアはキスも知らなくて、友だちに聞かれたときには経験者ぶった嘘《うそ》で誤魔《ごま》化《か》していたのだけれど、いまはもう違う。

ゆっくりと黒い睫毛《まつげ》をふせられれば、それがキスの合図だってことがわかるようになった。だからいま、端正な顔が傾きながら近づくと、ソフィアもそっと目を閉じた。

「んんっ……ンぅ……」

唇を押しつけられるだけのやさしいキス。

貪り食らわれるような激しいキスをする捕食動物のようなカイルも魅力的だけれど、こんなふうにやさしくされると、昔からよく知るソフィアの大好きな『カイルお兄さま』だと思えて、とてもしあわせな気持ちになる。

ゆっくりと唇が離れて、静かな凛々しさを持つ顔を見つめていると、カイルがくすりと笑った。

「君はもう……やっぱり無自覚に私を誘いすぎて困るな。いや、いいのか……ソフィアと私が新婚なら、私はいくらでも新妻を抱いてかまわないということだな」

「え、ええっと……でも、いくらでもといわれても……わ、わたしの体力の都合というものもありまして……その、カイルお兄さま?」

ちらりと大好きな旦那さまの顔をうかがえば、たったいま浮かべていたやさしい年上の青年の仮面は拭い去られ、傲慢な冷ややかさを持つ為政者の顔になっていた。

「では、侍女の仕事は午後は免除してやる。それで問題ないだろう」

「ええっ⁉　で、でもあの……わたし……やぁんっ」

今度こそ本当にスカートをペチコートごとまくられ、電光石火の素早さで、ズロースを剝《は》ぎとられた。露わになった秘処に指を伸ばされ恥毛をかき混ぜるように触られるだけで、ぞわりと愉悦が背筋を走る。

「まだ……ここの毛は薄いな……秘められた場所も綺麗なピンク色で……私の色に染めて、君の体に私のものの形を覚えこませて……私だけを昼も夜も求めるように躾《しつ》けようか……」

そんな言葉を吐かれて、淫唇に硬く反り返る肉槍を押しつけられたら、逆らえる気がしない。しないけれど。

「昼も夜もなんて、わたし……あぁんっ……む、り……持たない……ひゃう……ンあぁっ、あぁん……！」

ふるふると首を振るそばから、淫唇に大きく膨らんだ欲望を突き立てられた。

さっき口に含んだときには、こんな大きな肉槍は、いくらカイルのものでも入らないと思っていたのに、そうじゃなかった。じゅくじゅくとはしたない蜜を零して、さっきから愉悦に疼いていた膣道は、硬い楔《くさび》を容易に受け入れている。

しかも、いくらソフィアが華奢《きゃしゃ》だとはいえ、もうすぐ十八才になろうという体の重みで、膣を穿つ楔は、ぐぐっと奥深くまで入ってしまっていた。

「ンあぁ……は、あ……あぁんっ、こんなの……ひ、ぁ、動いちゃ、だめ……あぁんっ！」

「こんなにかわいい新妻を貫いて喘《あえ》がせたくて仕方がないのに……動くな？　そんなことは無

理に決まっているよ……ソフィア」

ちゅっと耳元に口付けて、ため息をつくようなやさしい声で言うなんて。

卑怯《ひきよう》だと思う。ソフィアはかぁっと熱く火照って、耳まで真っ赤になってしまった。

カイルはただでさえ色気のあるいい声をしているのに、その響きがいい声でソフィアを誘うためだけの言葉を吐かれると、耐えられないほど甘い。

ぞくぞくと耳から侵されて、頭の芯まで蕩かされてしまう。

——ど、どうしたらいいの……こんなの……困る。

子どものころはただ、カイルに遊んでもらいたくて必死だったのに、こんなに時間を経て、大人になった姿で会うと、やっぱりいろいろと違う。

ソフィアの体を求めるカイルは、まぎれもなく大人の男性で、ソフィアを恋愛の対象として見ているのだ。その事実を体に刻まれるたびに、ソフィアは羞恥に身悶《みもだ》えてしまう。

こんな堂々とした聖爵に愛されているなんて、まだ信じられない。

自分はカイルの妻だと思うのに、どうしても聖爵の妻だということには気後れしてしまうのだ。

ソフィアがカイルの上でもじもじと照れているのを、どう受け取ったのだろう。カイルはまたソフィアの腋窩から胸への愛撫《あいぶ》をはじめると同時に、器用に腰を動かした。

「ンあぁ……あっあっ……カイル、お兄さま、それは……あぁんっ」

胸と下半身とを両方を責められると、体の芯が痛いほど疼く。

ソフィアの腰を浮かせてまた体重に任せて落とされると、ぬぷぬぷと粘ついた液を潤滑油にして、膣壁が絶妙に抉《えぐ》られる。亀頭の引っかかりが感じるところをかすめるたびに、甲高い嬌声《きょうせい》が抑えられない。

「あっあぁんっ……わたし、わたし……カイル、お兄さまのが、奥に当たって……ンあぁ、あぁ……ッ!」

愉悦の波が高まるのを感じて、ソフィアはぶるりと怺《こら》えきれない震えに身を揺らした。

「ソフィアの膣内《なか》はすごいな……くっ、俺のものを搾りとろうとして、奥まで咥えこんでくる。このいやらしい体に、よぉく言い聞かせないとな……私の形を忘れないように」

そんな卑猥なことを言うと、カイルはソフィアの体を大きなオーク材の机にうつぶせに倒して、背後からのしかかるようにして抽送を速めた。

胸の先が机の上に当たり、びくんと体が跳ねるのを押さえる余裕もない。

尻肉を打ちつけるようにして、カイルが肉槍を引いて、また角度を変えて奥まで突かれる。ぞくぞくと震え上がるような愉悦が体の芯で弾けて、目の前に火花が散る。

気持ちいいけれど、なにもかもが吹き飛んでしまいそう。

「あっあぁん……ンあぁ……あぁっ――……ッ!」

ぶるりとカイルの肉槍が震えたかと思うと、みっしり埋まっていた膣の奥に熱い精が放たれた。その瞬間、ソフィアの体のなかを激しい愉悦が駆け抜けて、びくびくと体が跳ねる。

襲いくる官能の波をどうすることもできないまま、ひときわ大きな嬌声とともにソフィアは絶頂に達していた。

「ふ、あぁ……ッ」

──もぉ、ダメ……。

強い愉悦にさらされて頭の芯まで甘く痺れ、ふぅっと意識が遠くなる。

「ソフィア……愛してる……こんなに君が愛しくなるなんて……」

──わたしだって……カイルお兄さまのことを、とてもとても愛しているわ……。

どろりと快楽に蕩けた頭に、カイルの苦い声が響いてきたけど、ソフィアは心のなかだけで返事をするので精一杯だった。

† † †

夜は夜で、いつのまにか自分の部屋に帰ることはなくなっていた。

昼間は執務室でも執拗《しつよう》に求めてくるというのに、カイルはそれだけでは飽き足らないらしい。

「あっ……あぁんっ……カイル、お兄さま、もぉ……許してぇ……！」

鼻にかかった声をあげたソフィアは、自由にならない腕を引き寄せようとして、ぴん、と腕が突っ張るのに頬を引き攣らせた。

カイルの部屋は花の形をしたシェードランプが電気の明かりを灯《とも》していたけれど、深夜とあって、あたりは薄暗い。

愉悦を感じさせられ続けたせいで、ソフィアの白い肌はうっすら上気し、オレンジ色の明かりに艶めかしく浮かびあがっていた。

「ソフィアが喘ぎ声を隠そうとして、口を塞いだりするから悪いだろう?……もっともっと君の啼《な》く声を聞きたいのに」

「だ、だって……ンあぁ……あっあっ……や、ぁ……そこ、掻《か》き混ぜちゃ……あぁんっ!」

確かに告解室で抱かれたときも、喘ぎ声を抑えるなとは言われた。

ここは聖爵の私室だし、いまは夜で誰も来ないことはわかっている。

それでも恥ずかしいものは恥ずかしい。

ソフィアの体はすっかりカイルの調教に慣れて、胸を触られては感じ、肉槍を突き立てられてはいやらしい蜜を零す。

下肢に肉槍を突き立てられたままで、恥毛の奥に秘められた淫芽を擦られるとソフィアの体は面白いぐらい跳ねて、今日もう何度目かわからない絶頂に上りつめさせられた。

口を押さえないようにと、頭の上で手をひとまとめにされ、天蓋の柱にくくりつけられた状態で、ソフィアは荒く息を吐く。

「愛しいソフィア……君はこんなにされても……私が好きなのか？」

そんな問いかけをささやくカイルは涙に濡れた頬に唇を這《は》わせて、雫《しずく》を拭い去ろうとしている。

悲しい涙ではなくて、気持ちの高ぶりで溢《あふ》れた涙がソフィアの頬を濡らしていたのだ。

達したばかりのせいか、頬の上を動く唇がくすぐったくて、もどかしい。こんなのひどいとカイルを非難したいのに、唇の愛撫が心地よくて、つい相好を崩してしまう。

「カイルお兄さま……好き……でも、この手の拘束を解いてくれたら、もっと好きになれると思うの……」

——だからお願い……手首の布を解いて。

ソフィアはお願いするときの声で言いながら、カイルをじっと上目遣いに見つめた。

「へぇ……手を封じる封じないで愛情の量が変わるとは知らなかったな……んんっ」

カイルはわがままなやつめといわんばかりに、ソフィアの唇を封じる。

それは抗《あらが》いの言葉を言わせないための行動なのに、堪えきれない愛情が伝わってきて、ソフィアはきゅんと胸が切なくなるのを感じた。

「ん、ぅ……カイルお兄さま……愛しています……わたし、子どものころよりもずっと、カイルお兄さまのことが好き……こうやって激しく抱かれるのも……辛いけど辛くないわ……お兄さまのことが好きだから、お兄さまが本当にしたいなら我慢する」

猥りがましい行為を受け入れると告げるのは恥ずかしくて、それでも頬を真っ赤に染めて、ソフィアは告白した。

カイルから「愛している」と言われると、とてもとても満たされた気分になる。その気持ちを、カイルにも味わってほしくて、拙い言葉でも口にせずにいられなかったのだ。

そんなソフィアの告白に目を瞠《みは》ると、両手で濡れた頬を挟んで整った相貌を寄せた。

「君はもう……私をどこまで堕落させる気なんだ……ソフィア。妻にしたいと思うことを、なんでも叶《かな》えて差しあげますと言ったり、淫らな行為も受け入れると言ったり……かわいい新妻を抱いて抱いて……君の声が嗄《か》れてしまうまで抱いてしまおうか……ん……」

カイルのほうこそ、ソフィアを誘惑するそんな言葉をどこで仕入れてきたのだろうか。

唇を塞がれて、塩辛いキスを受けると、ソフィアはカイルの告白がうれしくて、息が苦しくなるくらい、舌を絡めあった。

お互いの舌の先をつつきあったあとで舌裏を舐めとられると、ざらりとした舌の感触にもぞわりと背筋が震えあがる。

唾液の糸を引いて唇が離れると、まだ舌を嬲《なぶ》られた余韻も冷めないうちに、両手で下乳から持ちあげられて、ちゅっちゅっと乳輪の近くにバードキスを降らされた。

「ふ、あぁん……あぁ……それ……んっ、やだ、感じちゃう……あぁっ」

わざとらしく胸の先の周りに口付けられ、舌を這わされると、なぜか触れられていない乳首が起ちあがり、きゅうと勝手に引き締まった。

感じさせられて快楽を与えられると、胸の赤い蕾《つぼみ》は硬い芯を持って疼きだす。

「君のツンと尖った果実は、まるで触っていじめてほしいといわんばかりだ……違うか、ソフィア」

もったいつけた口付けを胸に浴びせかけながら、カイルの手は弧を描くように、ソフィアの胸をゆるゆると愛撫する。

卑猥な言葉でソフィアが感じているのを揶揄《やゆ》するけれど、カイルの指先はなかなか赤い蕾に触れてくれない。

くちゅ、と唾液の音をさせて、乳輪の周りで艶《なま》めかしい舌が動くと、焦れた赤い蕾がずくりと疼いた。

「……ンンっ、カイル、お兄さま……なんで……あぁんっ」

腰をくねらせて愉悦の昂ぶりを訴える。なのに、カイルはその訴えさえ封じこめるように、お臍周りをゆったりと撫でさする。

その肌を擽る動きは快楽を刺激して、体の奥の熱を掻きたてるばかりだ。痛い。感じてばかりで辛い。

なのに、手を封じられているから、自分で触って愉悦を貪ることもできずにいた。

焦らされた体は身悶えして脚を擦りあわせるけれど、なかなか絶頂を得るまでには至らない。

ひたすらお預けを食らったままだ。

快楽に内側から灼《や》かれて、ソフィアは甘い声をひっきりなしに漏らした。

「あぁん……カイルお兄さまぁ……ンああっ……あぁンッ……」

艶めかしく腰が揺れるけれど、淫蜜を零す場所に刺激を与えてはもらえない。それだけのことなのに、ぞわぞわと背筋を這《は》いあがる愉悦に体中が侵されて、膣を熱い楔で穿《うが》たれたいという欲望しか考えられなくなる。

「ソフィア……どうしてほしい？　言ってごらん……？」

甘い甘い誘惑を秘めた声でささやかれる。卑猥な言葉を言わされようとしているのだとはわかっていた。そんなことは自分の細やかな倫理が許さないことも。

なのに、ぞわりと身が震えて、躊躇《ちゅうちょ》したのは一瞬だった。

「あぁんっ……ソフィアの胸の先に、触って……ふ、くぅ、めちゃくちゃに犯して……ンあっ、欲しい、です……もっと激しくしてぇ……」

鼻にかかった声でお強請《ねだ》りする。こういうときのカイルはひどくいじわるだ。

ソフィアの体が愉悦に蕩けて快楽を求めていることとわかっているくせに、ひたすら焦らしてソフィアの忍耐を試して、お強請りさせるのを楽しんでいる。

「ンあぁ……はぁ……カイルお兄さまが、こんな……嗜虐的な趣味をお持ちだなんて……知りませんでした……」

沸き起こる愉悦を堪えられず、ソフィアはぽろりと生理的な涙を零す。

「そうだな……わたしも知らなかったよ、ソフィア……君がほかの男に笑いかけるたびに自分だけにその翠玉の瞳を向けさせたくて、その白い肌のどこもかしこもに私の指を這わせて、君のかわいい声で喘がせて、めちゃくちゃに啼かせたくなるなんて……」

のどの奥で低く笑うカイルはどこか残忍な顔にも見える。

禁欲的で静謐《せいひつ》な聖爵猊下はそこにはいなくて、剥《む》きだしの欲望をさらして、獣の顔でソフィアを見つめていた。

その獰猛《どうもう》な執着に焦らされたあとで、ゆっくりと赤い舌を乳首の括《くび》れに這わされると、ぞくぞくと震えあがるほどの快楽に襲われる。

「ひゃあぁ……あっあっ……舌、ぁっ……やぅ……ンあぁっ——あぁん……ッ!」

甲高い音をあげて、ソフィアの汗ばんだ肢体は、びくびくと痙攣したように跳ねた。

舌先で胸のしこりをくるりと舐められただけでも、まるで雷に打たれた瞬間のように、全身が鮮やかな快楽に襲われる。

気持ちいいとか、頭が蕩けそうとか言う以前に、激しい官能に飲みこまれて、まともな思考がすべて吹き飛んでしまう。

「舌で赤い尖りを転がしただけでイってしまうなんて……悪い子だ。もっともっと焦らしてあげる必要があるな……ソフィアの体に、どうやって忘れられない快楽を刻みつけたものか」

あむ、と唇を開いて、起《た》ちあがった乳首を濡れた口腔に咥《くわ》えられると、なおさら激しい喜悦に喘がされる。

弄ばれているのは胸の先なのに、腰の芯がきゅうきゅうと激しく収縮して、辛い。肉槍に穿たれていない空隙が、まだ刺激を与えてくれないのかと期待に咽《むせ》んで、体の内側からソフィアを責めていた。

腰を揺らしながら、まだ自由になる脚をカイルの筋肉質な脚に絡めて、誘いをかける。このまま焦らされ続けたら、ソフィアは頭がおかしくなってしまいそうだったのだ。

「腰をくねらせてばかりで……いやらしい子だな、ソフィアは……私にどうして欲しいのか、言ってごらん。そうしたらこの淫らな体をもっともっと気持ちよくしてやる……」

卑猥な言葉とともにつーっと濡れそぼった淫唇に指を滑らせられたからにはたまらない。

「ひゃ、あぁん！……カイル、お兄さまぁ……あぁんっ、そこに熱いのを……ンンぁっ、硬いお兄さまのを、くださ……い……ひゃう、あぁんっ……ソフィアは、もぉ、もぉ……ッ！」

我慢できない。なのに、自分ではどうすることもできない。

びくびくと体が大きく快楽にのけぞるたびに、ソフィアの両手を封じる布が柱に擦れて、ぎしぎしと音を立てる。

その音を聞いていると、ソフィアの胸はぎゅっとわしづかみにされたように苦しくなった。

快楽を与えられてただひたすら喘ぐだけじゃなくて、もっと満たされたい。

なのに、体はひたすら激しい官能が欲しくて、嗜虐的《しぎゃくてき》なカイルの責め立てに、昏い喜びを昂ぶらせてしまう。

「ソフィアは……おねだりだけは上手になったな……」

ちゅっと唇に軽いキスを落とすと、カイルは先走りの透明な液が迸る肉槍でやっとソフィアの体を貫《つらぬ》いてくれた。

「ひ、ぃあ……ンンあっ、あぁん……ッ!」

じゅくじゅくと絶え間ない疼きにさらされていた膣壁は、ぱんぱんに膨れ上がった肉槍に突かれて、ソフィアが驚くくらい、激しい愉悦に収縮する。

びくんびくんとまるで陸に上がった魚のように体が跳ねて、沸き起こる快楽の波が抑えられなかった。ひっきりなしに「あっあっ」という短い喘ぎ声をあげて、ソフィアの体は喜悦を貪りつくす。

「すご、い……私の楔《くさび》を咥えこんで……くっ、ソフィア、やめ……うっ……締めつけすぎだ、おい……ッ!」

苦しそうな声で窘《たしな》められても、もうソフィア自身、どうすることもできない。やっと与えられた硬い欲望をソフィアの膣は喜んで締めつけ、その意志にかかわりなく、蠕動しては精を吐き出させようと収縮してしまう。

一度根元近くまで引き抜かれて、また最奥まで突かれると、ぞくぞくと背筋に、たとえようもないほどの激しい震えが這いあがる。

「あっ、あぁん……カイル、お兄さま……早く、きて、わたし……ひぃ、あぁんっ……あっ、あっ……ンあぁ——……ッ！」

カイルの肉槍が抽送を速めて、また角度を変えて奥を突き穿つたびに、快楽の火花が頭のなかで弾けて、ソフィアは愉悦の波が昂《たか》ぶるのを感じた。

肉槍で突かれて、胃の腑《ふ》が迫《せ》り上《あ》がるような心地を覚えるたびに、腰の奥で欲望の炎が燃えさかる。

激しい喜悦のあまり、あられもない嬌声がひっきりなしに可憐な唇から漏れた。

ひときわ大きな愉悦の波がソフィアの体を襲ったのと、カイルの肉槍がひどく感じる場所を突きあげたのは、ほとんど同時だった。びくびくと、張りのある胸を艶めかしく揺らして、ソフィアは絶頂に上りつめた。

たおやかな肢体を弓なりにしならせて、体の奥が快楽の疼きにきゅうきゅうと収縮するのに翻弄される。

「ひぃ、あぁ……ンンあっ、あ……ンあぁん……ッ！」

もうまともな言葉がわからない。

ソフィアはひたすら鼻にかかった喘ぎ声をあげて、快楽の波に飲みこまれてしまった。

これまで感じたこともないほど、激しい絶頂だ。

ぶるりと、身を震わせたあとで、真っ白な恍惚《こうこつ》に身を任せると、ソフィアの意識はまるで眠ってしまったかのようにぼんやりした境界を漂う。

その意識のない弛緩《しかん》した体を逞《たくま》しい腕に抱きしめられると、快楽とは別に陶然とした心地に満たされる。

「ソフィア……ソフィア……愛してる……」

掠《かす》れた声で囁《ささや》かれると、なおさら胸の奥が暖かくなる。

──カイルお兄さま……大好き……わたしも愛してるわ……。

ぼんやりと意識がないソフィアが、心のなかだけで愛の言葉を繰り返していると、ふっと、頭の上に封じられていた両手の縛りが解かれた。

「カイル、お兄さま……」

ゆっくりと瞳を開くと、カイルは静謐《せいひつ》な美貌をわずかに綻ばせてソフィアにそっと口付ける。

甘い甘いキス。ソフィアは頭の芯まで、じん、と痺れたように蕩かされて、ほぅっと感嘆のため息を漏らした。

やっと解放された手は、まだ痺《しび》れてなかなかうまく動かない。

けれどもたどたどしい手つきで、カイルの頭に触れて、艶《つや》やかな黒髪を乱して掻《か》き混《ま》ぜると、ソフィアはまたひどく満たされた心地になった。

だって、いつもきちんと整えられた黒髪が乱れるだけで、ソフィアの旦那さまはずいぶんと印象が変わる。

髪を乱したカイルの顔は野性の獣に似た危険な魅力を放ち、いまもなおソフィアを捕食しようとしているようだった。

昼間の聖人君子然とした青年はいったいどこに行ったのだろう。

そんな驚きを覚えながらも、ソフィアの口元はゆるんでいる。

大聖堂のなかで何千人もの聴衆の前に、詩篇《しへん》を詠唱する青の聖爵猊下の髪を、自分の手で乱せるなんて。

豪奢な金糸を施された漆黒の長衣に身を包み、静かな表情をした猊下が、こんなふうに乱れた姿をさらすのは妻である自分の前だけなのだ。

そう思うとうれしくなって、ソフィアはその愛らしい顔を崩した。

「カイルお兄さまのほうこそ……こうやって髪を乱した姿を見せるのは、ソフィアの前だけにしてね……」

満たされた気分がくすぐったくて、やっぱり自分を名前で呼んで、甘えた声を出してしまう。

毎晩のように抱かれるのはちょっと辛いけれど、抱かれたあとでこうやって、甘やかな時間を過ごすのは極上の気分にさせられる。

ふふふっとソフィアが照れくさくなって笑うと、カイルは突然、ちゅっちゅっと頬に、鼻の先に、唇にとバードキスの雨を降らせた。

「わっわっ……カイルお兄さま、なに⁉　んんっ、くすぐった……あぁんっ」

啄《ついば》むようなキスは、いま快楽に達したばかりの体には愛撫も同然で、甘やかな攻撃から逃れようとしたソフィアは身をよじらせる。くすぐったい。なのに、やっぱりしあわせな気分にさせられてしまう。

体を疼かせる深いキスと違って、軽いキスはむしろ、心を揺さぶるためのものだと思う。

口付けされた分だけ、『愛している』と言われた気がして、恥ずかしくなったソフィアは、頬を真っ赤に染めた。

どんなにカイルに抱かれることに慣れたと言っても、長年、女学院育ちで男性に対して初心《うぶ》な部分は変わりない。激しく体を責めたてられるときよりも、甘い愛のささやきこそ免疫がなくて、真っ赤になって照れてしまうのだ。

その真っ赤なリンゴのように熟れた顔を、カイルの大きな手が包んで、くすくす笑いながら顔を寄せる。

「ソフィアのほうこそ……その真っ赤な顔を私以外の男に見せるのは禁止だ……その顔は、まるで『私を襲ってください』と言わんばかりだ……んっ……特にアレクの前では、絶対に禁止だ……ソフィア……」

カイルはなにを言っているのだろう。

自分の真っ赤になった顔なんて、特に見ても面白くもないだろうに。

そう思ったけれど、また激しく責められるのも怖いから、賢明にもソフィアは黙ってうなずいておいた。

だってこれこそ、ソフィアが夢みていた新婚生活なのだと心の奥底から思うのだ。

――カイルお兄さま、大好き……早く、わたしの誕生日が来ればいいのに……。

九月になれば、ソフィアは十八才の成人を迎え、もうひそかな逢瀬《おうせ》を繰り返す必要はない。

上流貴族を招いての夜会でだって、堂々とカイルの妻としてパートナーを勤めることができる。

――あと、ほんの少しの辛抱だもの……。毎晩、こんなにカイルお兄さまに貪られるのは大変かもしれないけど……まぁ、いいわ。

ソフィアは大好きな旦那さまの首に抱きついて、しあわせな未来をひたすら夢見ていた。

第六章　誕生日なのに、離婚⁉

カイルとのひそかな結婚生活は続いてた。

夏の大きな祝祭が終わると聖殿はいくらか暇になるようで、聖爵が聖務をいくつか休んでも問題ないらしい。それでカイルは権力者の一声でもって祈りの義務まで代理の司祭に任せ、休暇をもぎとってしまった。

「カイルお兄さまってば……せめて中天の祈りには顔を出されたほうがよくないのですか？」

ソフィアを腕に抱いて口元に運ぶ今日のデザートは、ブルーベリーパイだ。さわやかな酸味と癖になる甘みが口いっぱいに広がり、とてもおいしい。

今日の聖殿の昼食もカイルの膝の上に乗せられながら、ソフィアはすっかりと平らげてしまった。

「本当に聖爵猊下《げいか》はフェリシアに首ったけなんですねぇ……」

どこか世間ずれしている修士のハンスは、そんなふうに言って、噂どおりカイルがソ、ソフィア、と離婚したら、フ、フェリシアと結婚し直すとでも信じているらしい。

そんなふうに言われると、ソフィアはカイルの腕のなかで、ぷくぅっと頬を膨らませて、なにもかもぶちまけてしまいたくなる。

——わたしが、カイルお兄さまの妻なんですからね！

そう言ってしまえたら、どんなにすっきりするだろう。

でもソフィアが口をむずむずさせる気配を見せるたびに、カイルは先を封じるようにソフィアの口にサンドイッチを運んでしまう。

ウィンナーとトマトにチーズを挟んだサンドイッチは酸味と肉汁がほどよく混じり、生唾が止まらなくなるほどおいしい。つい、押しこまれた分を食べるのに夢中になっているうちに、カイルは体よくハンスに用事を言いつけて、追い払ってしまうのだ。

「カイルお兄さまはすぐわたしを子ども扱いなさるんだから……」

実際、十も年の離れたカイルにしてみれば、いくつになったところでソフィアは子どもなのだろう。

そう理解してもそれでもやっぱり、自分が妻だと公言できないのはどうにも納得できない。

——甘い言葉をささやくのは、わたしと離婚をするつもりだからじゃないの？

愛していると言う言葉で離婚をごまかされている気がして、疑いたくなってしまう。

けれども唇を尖らせて拗ねるソフィアの頭にちゅっとキスをして、カイルはまた耳元に甘くささやく。

「子ども扱いしているなら、君のことを抱いたりしないと思うんだが……それとも、その証拠を示してほしいと言うなら、いますぐ君の体に思い出させてやろうか」

やさしい声が、語尾のほうになるつれ、冷ややかな酷薄さを帯びるのはなぜだろうか。

色気を帯びた声で冷たく耳朶《じだ》を震わされると、ぞくりとソフィアの体は身じろぎする。

やさしい『カイルお兄さま』ではなく、昼間、聖殿の大聖堂で見ることができる、禁欲的な聖爵の姿でもなく――ひたすらソフィアを捕食する獣の声だ。

怖いと思う気持ちもあるのに、そんなカイルにもひどく惹《ひ》きつけられて、欲望に満ちたささやきに心が揺れてしまう。理性では、昼間からそんなことするなんてありえないと思いながら、体の芯がずくりと熱く、期待に咽んでもいる。

――とても矛盾しているわ……わたし……。

けれども夜の問題を除けば、大好きなカイルといっしょに過ごせるのは素直にうれしい。

ソフィアにしてみれば穏やかで満たされた夏期休暇になっていた。

しかし、そんな日々もいつか終わる。

やがて月が変わり、ソフィアの誕生日の日が近づいてきた。

いくらソフィアがカイルの本当の妻だとあきらかにしてないにしても、ふたりきりのときはお祝いくらいしてほしい。そう思いながらも、ソフィアは口に出せないでいた。

――カイルお兄さまはわたしの誕生日を覚えていてくださるかしら……。

いつもいつも誕生日が近くなると必ず、聖エルモ女学院に贈りものが届けられたが、八月が終わってもカイルがなにも言わないものだから、ソフィアの不安は募るばかりだ。

もちろん、気軽に「カイルお兄さま、もうすぐ私の誕生日よ！」と告げてしまえば、それですむ話だ。しかし、一度言い逃してしまうとなかなか口にする機会がなくて、そのままずるずると日にちだけが過ぎてしまった。そんなある日のことだ。

「じゃあ、こちらにチケットを置いておきますね」

執務室の扉を開けようとしたところで、ソフィアはそんなハンスの声を聞いて、胸を弾ませた。自分勝手だと言われてしまえばそれまでだけれど、もしかしたらふたりきりのお忍びで観劇にでも出かけるためのチケットではないかと思ってしまったのだ。

——もしかしてカイルお兄さまってば、内緒でわたしのお誕生日をお祝いしてくれようとしているとか？

もしそうならうれしいけれど、いますぐ真偽が知りたい。

逸《はや》る気持ちに駆りたてられたソフィアは、執務室を出てきたハンスをこっそりと廊下の角で待ち伏せて、なんのチケットなのか聞き出してしまった。ところが、

「ああ、猊下《げいか》に頼まれていたのは汽車のチケットですよ」

と簡潔に言われ、がっかりしてしまった。

どうやらカイルはわざわざソフィアの誕生日の日に、朝から出かけるらしい。

しかも行き先はフェリス伯爵領があるラヴェンナ地方の市都だという。

——いったいどういうことかしら……?

初めは自分の誕生日を祝ってくれないなんて……と拗《す》ねた気持ちが沸き起こったけれど、次にソフィアは首をかしげた。

いつだってちゃんとプレゼントを贈ってくれていたカイルが、今年に限って忘れるなんて、そんなはずはない。

ただでさえ今年は、ソフィアが成人する重要な誕生日なのだ。

「つまり、それと同じくらい重要ななにかがあるってこと?」

ラヴェンナ地方の市都セレスには、赤の聖爵アレクシス——アレクがいる。

カイルはソフィアに関するかぎり、ことあるごとにアレクに嫉妬していたものの、それ以外での会話では親しそうな素振りを見せていた。あるいは、聖爵同士のやりとりがあって、急に彼に会わなくてはいけない用ができたのかもしれない。

いろんな考えがソフィアのなかで渦巻くけれど、カイルはなにも言わないし、ソフィアは気になって仕方がない。

カイルがもし聖爵同志の集まりにでかけるだけなら、ソフィアにはなにも知る権利はない。

それでも、無駄になるかもしれないと思いながらも、汽車のチケットをとってしまった。

セント・カルネアデスの聖殿に雇われてからの給料があったから、お金は持っているのだ。

その翌日――ソフィアの誕生日の朝。

早起きをしたソフィアは、やってきたときと同じように、あまり華美ではない濃緑のデイドレスに、ケープと帽子を身につけて駅に向かった。

仕事始めを告げる鐘が鳴り響くなか、汽車が動き出すと、秘密の行動に胸がどきどきした。

しかも、ラヴェンナ地方に戻ってくるのは九年ぶりなのだ。

ソフィアが生まれ育ったフェリス伯爵領は、市都のセレスからはまだ遠い。湾を挟んだ向かい側になり、普通は定期線で行き来している。

それでもソフィアは自分の故郷が近づくのだと思うと、青々とした穂を揺らす小麦畑を見ているだけで胸がいっぱいになり、いつまでも飽きない。

やがて、家が増えて大きな街が近づいてくると、ソフィアは子どものころに訪れて以来、久しぶりに市都セレスの駅に降り立った。

セント・カルネアデスに負けず劣らず巨大な天井を持つ駅は、無数にホームがあり、乗降客も多い。

ソフィアはカイルを見失いそうになり、あわてて改札口へと急いだ。

「カイルお兄さまはどこかしら……？」

身を隠していたことも忘れて、帽子のつばをあげてあたりをきょろきょろと見渡していると、じっと自分を見つめている視線に気づいた。

ねっとりと憎しみを抱いているかのように睨みつけている壮年の男。その白髪交じりの男に、ソフィアは見覚えがあった。

どれだけ時間が経《た》っても忘れるはずがない。

叔父のミスター・ドラジェだ。

ソフィアが翠玉《すいぎょく》の瞳をはっと瞠ると、その仕種で逆に向こうも確信したらしい。

「おまえ……ソフィアだな⁉」

人波の向こうでそう叫ぶやいなや、ソフィアに向かって猛然と駆けてきた。

いったいなにが起きているのだろう。

自分の楽しい誕生日のはずが、巨大な駅で憎しみの形相の男に追いかけられるなんて。

どう考えてもバカげている。バカげているけれども、ともかく逃げなければならない。

ソフィアはデイドレスのスカートを指で抓みながら、必死に走った。

しかし、市都セレスには土地勘はないし、肝心のカイルも探さないといけない。

――なんで叔父さまがこんなところにいるのよ！

心のなかで悪態をつきながらも、すばやく人波に身を隠す。

「ソフィアー！　どこだ⁉　出てこい！」

叔父のミスター・ドラジェに歩道の真ん中で名前を叫ばれるのは、恥ずかしい。耐えて身を隠しつつも、叔父の行動に呆れてもいた。自分が追い立てた獲物が名前を叫ぶだけで出てくるわけがないのに。

柱の陰に身を隠しながら、ソフィアはこれからどうしようかと思った。

——叔父さまに気をとられて、カイルお兄さまを見失ってしまったわ。でも……やっぱり、なにかあるんだわ。

ソフィアは確信した。わざわざカイルが市都セレスに来たのと同じ日に、叔父までいるなんてこんな偶然があるだろうか。しかもソフィアの誕生日に。

「でもいったいなに？　カイルお兄さまは赤の聖爵猊下に会いに来たのではないのかしら？」

逃げて乱れた息を整えながら、考えているところに、名前を呼ばれた。

「いたわよーソフィアだわ！　そこから動かないで！」

今度自分を指さしていたのは、どこかで見たような年配の女性だった。

叔父ほど印象に残ってはいないが、父親の葬式にカトル・ラントレーにやってきた親戚のひとりのようだ。

「動かないでと言われて、動かない人がいますか！」

追いつかれるより先に、ソフィアはまた駆けだした。

なんだかわからないけれど、あの人たちにつかまるのはまずい。そんな直感がしたのだ。

土地勘がないといっても、ソフィアは素早かった。さらに言うならこのところ、敷地が広い聖殿で働いていたせいか、体力もついていたようだ。

物陰に身を隠して一息ついたところで、

「こっちだ、ソフィア」

腕を捕まれて、無理やり馬車のなかに連れこまれた。カイルだった。

「カイルお兄さま……」

見つかってしまってばつが悪い気はしたけれど、会えてほっとした。

二頭立てのあまり目立たない箱馬車は、カイルと肩を並べてソフィアが座ると、落ち着いた速度で走り出した。

「まったくもう……ミスター・ドラジェの声で『ソフィアー!　どこだ⁉』なんて叫んでるのを聞いて、びっくりしたじゃないか」

「ごめんなさい……でも、叔父さまがいたなんて知らなかったんだもの」

ここは素直に謝るしかない。帰らされるのは嫌だし、叔父があんなふうに自分を捕まえようとするからには、これはソフィアにかかわりがあることなのだとも理解していた。

ひとまず馬車に乗せられたことで、なんでソフィアがカイルを見失ったかはわかった。

聖爵であるカイルは一等室の乗客だったし、おそらく特別な出入り口から出て、馬車に乗ったのだ。

謎がひとつ解けてすっきりしたけれど、問題はまだ残っている。

「いったいなぜ、叔父さまはわたしを捕まえようとしたの?」

ソフィアが素朴な疑問をカイルにぶつけると、彼は黙ってソフィアの頭を抱き寄せた。

「今日が……君の誕生日だからだよ、ソフィア」

静かな声で告げたカイルは、なぜ今日、市都セレスに来たのかを話しはじめた。

「フェリス伯爵位の手続きにやってきたんだ。フェリス伯爵領は赤の聖爵が統括する、ラヴェンナ地方に属しているからね」

突然、両親が亡くなったとき、女児であるソフィアにはなんの権利もなかった。

けれども、カイルとの結婚により成人と見なされ、ソフィアは仮に、フェリス伯爵位の女継承人になっていたのだ。

この仮の権利は十八才になり成人したソフィアか、その後見人であるカイルが継承の手続きをすませれば正式に紋章院に認められる。

カイルが管理していたフェリス伯爵位とその財産は完全にソフィアのものになり、今度こそ先代のフェリス伯爵の兄弟や、遠い親戚には一切の権利がなくなるのだという。

「だから……私が君と離婚したがっているという噂を流した。わたしがこのまま、ソフィアの婿としてフェリス伯爵位を持つのではなく、君と離婚するのなら……ミスター・ドラジェは絶対に君の継承を妨害してくると思ったから」

そしてそのとおりになった。

彼は九年間もの長いあいだ、ソフィアのことをずっと探していたのだろうか。

さっき見たばかりの、憎しみを露《あら》わにした叔父の顔を思い出して、ソフィアはぶるりと身を震わせる。

「ミスター・ドラジェにしてみれば、今日は君を捕まえて無理やり女継承人を放棄させる最後のチャンスなんだよ……ソフィア」

「なんだか難しいお話だけど……カイルお兄さまは叔父さまを罠《わな》にかけるおつもりなのね？　つまり、叔父さまはまだフェリス伯爵位とその財産を狙っていて、だからソフィアは叔父さまに捕まっちゃいけない……そういうこと？」

「そうだよ、ソフィア……それで合っている」

貴族の継承にかかわる手続きに関して、ソフィアはほとんどわかっていない。

学院で体系的に学んだこともあるけれど、ひとつひとつの爵位について制定されている内容が違っていたりして、結局あまりよくわからないのだ。

だから、ソフィアとしては自分が信じたい人を信じるしかない。弁護士のミスター・サッシャやカイルが言うなら、それでいい。そんなふうに決めていた。

「君が……フェリシアとして安全にセント・カルネアデスにいるあいだにいろいろと終わらせるつもりだったのに……」

カイルはため息をつきながらも、ソフィアの髪を梳《す》くようにして繰り返し撫《な》でる。

「ご、ごめんなさい……だって……わたしの誕生日なのに……カイルお兄さまがなにもお祝いしてくれないのかと思って……」

「拗《す》ねていたのか？　我がかわいい新妻は」

からかうように言ってカイルはちゅっとソフィアの頭にバードキスをする。

そのソフィアの頭を撫でる指先も、もったいつけた声音もやけに甘くて、慣れたはずでもソフィアは頬が熱くなってしまう。

このところ、カイルはソフィアを甘やかすだけ甘やかしてきたけれど、なぜだか、いまキスされたのは、そのどれとも違う気がした。

——なんだか、今日のカイルお兄さま、変。

そう思いながらも、ソフィアは黙ってされるままになっていた。すると、いつのまにか動きがゆっくりになっていた箱馬車の小窓から、御者が声をかけた。

「猊下、やっぱり正面には何人か筋ものらしいのが待ち構えていますが、どうされますか？」

——筋ものらしいの。

その言葉にどきりとする。叔父が身を崩して賭博場に出入りしていたというのは、一度誘拐されそうになったときに聞いていた。

さっき見かけたのは親戚らしき女性だったけれど、ソフィアなんかでは敵《かな》わない腕っ節のいいならずものに捕まる可能性だってあったのだ。

ソフィアがわずかに震えていると、カイルはソフィアの顔を両手で挟んで顔をのぞきこんだ。

静かな光を湛《たた》えた青い瞳と視線が合うと、不思議なほど気持ちが落ち着いてくる。

「ソフィア、よく聞きなさい。赤の聖爵アレクには、書類を作ってもらうように頼んである。聖殿の造りはわかると思うが……祭壇の左手に誓約のための部屋があるだろう？　そこにまっすぐ向かうんだ」

ソフィアはこくりと頷《うなず》いた。

聖殿というのは、大聖堂や祭壇を中心に基本的に構造が同じなのだ。

カイルの仕事でも誓約の部屋を使うことがあったから、知らない聖殿でも想像はつく。

赤の聖殿の裏口を教われば、頭のなかに簡単な地図が思い描けるくらいだ。

「いい子だ……愛している」

そう言ってカイルはソフィアの唇にやさしいキスを落とした。

――まるで、永遠の別れを告げるような……キスだわ。

やっぱり今日のカイルはどこかおかしい。

不安を覚えたけれど、それを問いただす時間はなかった。

「私が先に降りる……見知らぬ誰かが私を追いかけてきたら、ソフィアは向こう側から降りて、裏口から聖殿に入りなさい……行くよ」

その言葉を合図に、ソフィアはカイルとは別の扉に手をかけた。

「いたぞ！　あの男を止めろ！」

巻き舌の、品が悪い話し方をする男の叫び声が聞こえると、ぎくりと身がすくむ。その昔、叔父に誘拐されそうになったときのことがよみがえり、目の前が暗くなった。

「大丈夫……もうわたしは小さな子どもじゃないんだもの……」

——これが終わったら、カイルお兄さまとの明るい新婚生活が待っているはず！

こぶしを硬く握りしめて震えを抑えこむと、ソフィアは馬車を降りて、言われたとおりに聖殿の裏口に向かった。

正面の入口に近い場所で馬車を降りたから、大きな聖殿を回りこむのに、ずいぶん時間がかかる気がする。

けれどもソフィアは必死になって走った。

「あ、おい……あの娘じゃねぇか⁉」

どこからか、そんな声が聞こえたけれども、角を回って身を隠したところが、目的の裏口だった。

聖殿の裏口というのは、日中は通常開いている。

なかへと駆けこんだことで、幾分気持ちが落ち着いた。カイルが大丈夫なのか気になるけれど、まずは言われたことをやるのが先だ。

回廊を抜けて大聖堂を通り抜け、目的の誓約の部屋に入ると、そこにはすでに赤の聖爵アレクがいた。

はない。

巨大な空間を持つ大聖堂からなかへ入ると、誓約の部屋は狭く感じるけれど、決して小さく祭壇以外の装飾が少ない部屋の真ん中で、アレクは漆黒を纏うカイルとは対照的に、金糸の刺繍《ししゅう》が施された白の長衣を着て立っていた。

もちろんいつか見たように、金糸の肩掛けを身につけている。

「やぁ、君が来たのか……ソフィア・ヨーレン・フェリス。待っていたよ、さぁ書類にサインしたまえ」

誓約の部屋にも小さな祭壇があり、手招きされるままに近づく。

祭壇の前に置かれた机には紙とインク壜《びん》、それに羽根ペンが並んでいた。

「フェリス伯爵位の女継承人であることを承諾する書類。フェリス伯爵領の管理者になるための書類。フェリス伯爵位に付随する財産を相続する書類。まずはこの三通に目を通して、よければサインしてくれ」

並べて差し出され、ソフィアは躊躇することなく、羽根ペンを手にとった。

するするとサインしはじめたソフィアを冷やかすように、アレクは聖爵にあるまじき、「ひゅう」という声をあげる。

「いいのか？　そんなに簡単にサインして」

「カイルお兄さまがお願いしていたことですもの……それに、叔父さまが妨害に来ていたくらいですから、早くすませてしまいたいの」

ソフィアのきっぱりとした物言いに、アレクはふんと鼻を鳴らして火にあぶった蠟を垂らすと右手の中指につけていた印璽指輪を書類にぐっと押しつける。三枚とも同じようにすると、いつか見た結婚契約書とよく似た書式の書類ができあがっていた。

アレクは祭壇に立てかけてあった錫杖《しゃくじょう》を手にとり、いつになく真摯な顔になって言う。

「ではこちらの三通は赤の聖爵アレクシス・ハント・ビュロウの名において、受理する。これより、ソフィア・ヨーレン・フェリスは、フェリス伯爵位の女継承人を名乗り、フェリス伯爵領の領主として任ぜられたからには、よく務めよ」

そう言い終わったところで、錫杖の石突きを床に打ちつけると、しゃらんと涼やかな音が響いた。

「謹《つつし》んで拝領いたします」

ソフィアは深く体を沈めて、最敬礼をしてみせる。

失礼にならないように、しばらく体を沈めた体勢を保ち、顔をあげる。これでソフィアの成人に関わる誓約は終わり。

そう安堵したところに、ひらりともう一枚、契約書を出された。

そこに書かれている文字は『離婚届』だ。

「……なんですか、これは」

思わず、苛立《いらだ》った声で問いかける。聖爵という身分が高い聖貴族を相手にしていることも忘れて。

「こちらもカイルから頼まれていたものでね。今日持ち帰ることになっていたが……ここに来たのが君なら話は早い。君のサインをもらって俺が受けとれば、離婚は成立だ」

「わたしはカイルお兄さまと離婚する気はありません」

ソフィアは既婚女性らしく背筋を伸ばして、おなかのあたりで手を組みながら、きっぱりと言い放つ。対するアレクはそんなソフィアに不敵な笑いを零した。机を半歩回りこんでソフィアの隣に立ち、アレクは冷ややかな声を出す。

「君がどんなにカイルと離婚したくなくても無駄だと言ったら、どうする？　かわいいね、ソフィア……そんなにカイルに忠誠を尽くしちゃうくらい、カイルの性戯が気に入ったのかな？」

――赤の聖爵はいったいなにを言い出したのだろう？

困惑したソフィアが身じろぎひとつできないでいると、アレクの手がソフィアの白金色の髪に伸びた。どきりとする。カイルがいつもいとおしそうに撫でてくれた髪をほかの男の人に触られるなんて。

「わたしに手を……触れないでください。夫に怒られますので」

冷静にならなきゃと自分に言い聞かせて、ソフィアはあくまでもカイルの妻であろうとした。

でも、そんなささやかなソフィアの虚勢は、アレクにしてみれば、楽しい駆け引きのひとつにすぎなかったしい。

にやにやと人の悪い笑みを浮かべて、髪からソフィアの頰へと指を動かした。

「ソフィア・ヨーレン・フェリス。君は神学校を卒業しただけの一青年が、なぜ突然青の聖爵に抜擢《ばってき》されたのか、不思議に思わなかったのか？　聖爵の引き継ぎは絶対ではないが、ほとんどが世襲だ。私自身、祖父から赤の聖爵の地位を引き継いでいる」

「……どういうことです？」

さっきからアレクは謎の断片だけをソフィアに投げかけて、弄んでばかりいる。

まるで屈服して懇願すれば、教えてやると言わんばかりだ。

しかし実際に、カイルがなぜ青の聖爵になっていたのかを、ソフィアはこれまで一度も考えたことがなかった。

客観的に考えてみれば、確かにおかしい。

父親であるフェリス伯爵に後見をされてようやく神学校に進んだカイルが、なぜ突然、青の聖爵などという高位の聖貴族になっていたのだろう。

――囚《とら》われてはダメ。これは、赤の聖爵猊下の罠だわ……。

そう思ったものの、ソフィアはアレクの次の言葉を聞かずにはいられなかった。

「カイルは法王猊下に直訴したんだ。君と結婚するためにね。それはもう素早かったよ……法王猊下からの突然の宣旨に誰もが驚いたくらいだった」

「う……そ……」

――カイルお兄さまがそんなことを?

父親の葬式のあと、突然現れたカイルは、そんなことは一言も言わなかった。ただ聖爵の肩掛けを纏《まと》っていて、身分を盾にイヤな親戚を追い払ってくれたのだ。ソフィアのために。

「フェリス伯爵領はとりたてて有力な領地ではないけど、一応は伯爵家だからね。君の叔父のドラジェのようなならずものの手に渡るよりは、伯爵の娘が女継承人になったほうがいい。カイルの申し出は、俺の祖父――当時の赤の聖爵にとっても都合がよかったらしい」

アレクに聞かされた話は初耳だったが、そういった政治的な駆け引きがあってもおかしくない。大人になったいまなら、わかる。

しかし、自分が救われたからくりを聞かされているというのに、アレクの黒い笑みを見ていると、この話の結末はイヤな予感しかない。

「ちょうど先代の青の聖爵に問題があって罷免されたころでね。法王猊下が先代と関わり合いのないものを後継者にしたがっていたのも運がよかったのさ……カイルは横領や不正が横行していたセント・カルネアデスの立て直しを条件に聖爵の座についたのだ」

話を聞きながら、ああ、だからなのかと、ソフィアはよくやく腑に落ちた。

なぜ、セント・カルネアデスの聖殿に上級使用人が少なかったのか。

それはおそらく、前任者の不正に関わっていたからで、だからカイルはなるべく自分の目が行き届くように、管理を任せられるような使用人を置かなかったのだろう。

――たぶん、できるだけ法王猊下の意向に沿おうとされたのだわ……カイルお兄さまらしい。

生真面目な性格のせいで仕事のしすぎなのではといつも心配していたけれど、それも原因は自分にあったのかと思うと、胸が苦しくなる。

――こんなにも愛されて、カイルお兄さまに守られて、わたしは大きくなったのだわ……。

ひとり目頭を熱くしているソフィアを意地悪く見下ろして、アレクは最後通牒《つうちょう》を告げる。

「カイルが青の聖爵に任ぜられた期間は、君が成人するまで――だから、どちらにしても君たちの結婚は終わりだ」

「……え?」

驚くソフィアの反応に気をよくして、アレクはにやりと笑う。

「聖爵ではなくなったカイルは、妻帯できないからな」

――『基本的に聖職者は、妻帯できないんだよ』

子どものころ窘められた言葉が唐突によみがえる。

ソフィアが「カイルのお嫁さんになる」と言うと、決まってそう言われたというのに、すっかり忘れていた。

だって次に再会したときには彼はすでに聖爵になっていたからだ。

「大々的に新聞でとりあげさせて、白い結婚のうちに離婚をしたと周りに思わせたいのは、君の将来のためだな。離婚したら君には結婚相手が必要だし」

フェリス伯爵領を継がせるためには男児を産まなければならない。

アレクはそう言いたいようだったが、ソフィアの耳には届かなかった。ただ、カイルが聖爵でなくなることと、だから自分と離婚しなければならないことを考えるだけでいっぱいいっぱいだったからだ。

「そうだな……実は俺はカイルの聖爵としての仕事ぶりを評価するためにセント・カルネアデスを訪れていたんだ……ねぇ、ソフィア。君の心次第では、カイルを青の聖爵のまま残すように法王猊下に進言してあげてもいいよ」

彼の指先はソフィアのあごにかかり、顔をあげさせる。

その意味をさすがにもう取り違えたりはしないが、それでもソフィアは動けなかった。

「実はカイルをこのまま青の聖爵にしておいてはどうかという話もあってね。私がカイルの実績を評価するように法王猊下から任務を賜《たまわ》っていたのだよ」

「だから……祝祭のときにセント・カルネアデスにいたのね」

「そうだ。……どうしようか。君が私に一晩抱かれてくれたら、法王猊下へ出す調書に手心を加えてあげてもいいよ」

アレクはなにを言っているのだろう。

ソフィアは混乱するあまり、落ち着かなくあたりを見回した。

そういえばカイルはどうしたのだろう。無事に叔父の手のものを撒《ま》いたのだろうか。

いますぐカイルに会って、アレクの言うことが真実なのかどうか問いただしたいけれど、誓約の部屋にはソフィアとアレクしかいない。

「その迷子のような目をした君もかわいいね…ソフィア。フェリス伯爵領はうちが聖教区だ。君の初夜権は俺にある……君が本当に処女かどうか、ベッドで確認してやる……君が一晩、俺に抱かれたら、カイルは青の聖爵のままでいられるよ」

「初夜権……」

ソフィアも知識でだけは知っている。花嫁との最初の夜を過ごす権利だ。

聖爵は花嫁の初夜権を持ち、過去には無理やり花嫁を奪われた話も聞いたことがある。けれども、まさか自分の身に降りかかるとは夢にも思っていなかった。

「わ、わたし……」

——どうしたら、いいの……？　カイルお兄さま、助けて……。

「ソフィア、君は今日十八才になった。カイルとの結婚の契約は、十八の成人までは体の関係を持たないことになっている……」

ソフィアは小さく頷いた。それは紛れもない事実だったからだ。

「カイルと離婚せず、正式に結婚をするなら……果たして白い結婚が守られているのかどうか確認して、法王猊下に報告しなくてはな」

初めて会ったときのように、為政者の顔で威圧的にいわれると怖い。

凍りついたように固まったソフィアの腰に手を回して、アレクは無理やり歩かせはじめた。

――わたし……わたしが赤の聖爵猊下に抱かれれば……そうしたらカイルお兄さまは、青の聖爵のままでいられるの？

あまりにも突然、いろいろ言われたせいで、冷静に考えることができない。

ソフィアはもう処女ではないのだし、かりにも聖爵という高い身分にあるものが、契約違反をしたと法王猊下に知られたら、まずいのではないか。

それにカイルが自分のためにどれほど尽くしてくれたのかと思うと、胸がわしづかみにされたように苦しくなる。

いろんな考えが渦巻いてまとまらないまま、赤の聖爵に引きずられるようにして誓約の部屋を出たときだ。

「ソフィア！」

大回廊の天井が高い空間に朗々とした声が響いた。

弾《はじ》かれたように振り向くと、背が高い姿が肩掛けを揺らして駆けてくる。

その見慣れた姿を確認したとたん、ソフィアの翠玉の瞳からはどっと涙が溢《あふ》れた。

「カイルお兄さま！　カイルお兄さまぁ……！」

息を乱して近づいてきたカイルは、ソフィアがアレクに抱きかかえられるようにされて歩いていたのをみて、顔色を変えた。

「アレク、人の妻に触るな……！」

強い語調で叫んだカイルは、アレクの手からソフィアを取り戻すと、ソフィアの体をぎゅっと抱きしめた。

その力の強さが、どれだけソフィアを心配したかを表しているかのようで、胸がきゅんときめく。苦しいのにうれしい。

ソフィアはカイルの腕のなかで押しつぶされそうになりながら、へらりと相好を崩した。

「ソフィア、書類のサインは終わったのか？　アレクになにもされなかったか？」

ぎゅうぎゅうと、さらに強く胸に抱きしめながら聞かれる。

ソフィアもカイルの体温を感じたくて彼の体に手を回すけれど、自分の華奢《きやしや》な腕では体格のいい体をうまく抱きしめられなくて、それだけが不満だった。

すると、そんなソフィアの気持ちを汲《く》んでくれたのだろう。カイルは子どものころによくしたように、ソフィアの体を腕の上に抱きあげ、目線を合わせてくれた。

急に視界が高くなり、一瞬、驚いたけれど、青い瞳が大丈夫だといわんばかりに暖かい光を湛えている。

静かで慈悲深い夜のようなカイルの瞳がソフィアは好きだ。

カイルのどこがいちばん好きかと言われると、朗々とした響きのいい声なのかもしれないけれど、この静謐《せいひつ》な瞳も負けないぐらい好きだと思う。

大好きな旦那さまの首に抱きついて、ソフィアはちゅっと目元に口付けた。こんなふうに抱きあげられたときでもないと、ソフィアから身長が高いカイルの顔にキスするのは、滅多《めった》にできないからだ。

そうやって、カイルに抱きしめられ、自分でも抱きついて、その腕にいるのだと実感が湧くとようやく気持ちが落ち着いて、混乱が収まってきた。

「サインは……しました。女継承人の書類、管理者の書類、財産相続の書類と三通とも……でも、カイルお兄さまは……」

話をしているうちに、もう一枚の書類を思い出して、言葉に詰まる。

「離婚届のことか……」

いとおしげな手つきで髪を掻《か》きあげられながら聞かれる。

その声音に奇妙なひっかかりを覚えて、ソフィアは首をかしげた。

だってこれまでずっと、カイルはソフィアと離婚したがっていたはずだ。ソフィアがカイルに処女を捧《ささ》げたあとも変わりなく、どこか苦しそうな顔をして求めてくることさえあった。

いまにして思えば、それはさっきアレクに聞かされたことのせいなのだろう。

もうすぐ聖爵を辞める予定だったから、そのためにソフィアと離婚するつもりでいた。しかも、その離婚をちらつかせば、叔父がまた問題を起こすだろうと罠を張ってもいて、ソフィアのこれからのことも考えてくれていたのだ。

「わ、わたしはカイルお兄さまとは離婚しないわ……だって……もしカイルお兄さまが聖爵でなくなっても……また、妻帯できる聖貴族に昇進されるまで、わたし……待っているわ。わたしの旦那さまは、カイルお兄さまだけだもの」

そこまで言い切ったところで、ちっ、という舌打ちが聞こえた。赤の聖爵アレクだ。

我を忘れて訴えたけれど、そういえば人前なのだと思い出す。

ソフィアは羞恥のあまり、顔を真っ赤にして身をくねらせた。

その恥じらっている姿が男の目にどんなに誘っているように映るかなんて、もちろん知る由がない。

「アレク……いまそこで、法王猊下の勅使と会ったぞ……猊下からの勅命をいただいているとのことだったが……中身はなんだろうな」

いまにも爆発しそうな怒りを抑えた声を発して、カイルはアレクを睨《にら》みつけた。

おかしい。ソフィアには話がまったく見えない。

そう思って振り向けば、赤の聖爵は肩をすくめて見せた。

「なんだ……もう勅命が出たのか。法王猊下は仕事が速いな。俺の予定では今日は、カイルがこの娘の叔父に叩《たた》きのめされて入院でもしていて、俺が一晩楽しむはずだったのに……」

そんな言葉を吐きながら、赤い舌で唇をぺろりと舐《な》められると、アレクはぞくりとするほど妖艶な顔に見える。

毒々しいまでの色香に当てられて、ソフィアの顔は真っ赤に染まった。

「な、なんてことをおっしゃるのです……とても、聖爵猊下がおっしゃることとは思えません……！」

さっきまでアレクが怖くて身を強《こわ》ばらせていたのに、現金だ。ソフィアは虎の威を借る狐《きつね》の気分でアレクを睨みつけた。

――カイルお兄さまの腕のなかなら怖くないもの……。

ぎゅっと身を寄せるソフィアの心の揺らぎさえ知られているのだろう。カイルがくすりと堪えきれない笑いを零すのが、恥ずかしいけれど、やっぱりほっとさせられてしまう。

カイルはいつも落ち着いた目で見守っていてくれるから、ソフィアも昂《たか》ぶった感情を抑えることができる。

「あんなにその耳にも体にも言い聞かせたのに、ソフィアはアレクの指が触れるのを許したんだな？　我が新妻はいつまでも自分の魅力を自覚しないで……私は困ってしまうぞ」

そんなことを言いながら、とびきりの甘い笑顔で微笑まれるのだって困る。

静かな凛々しさを湛えた顔が微笑むのは、子どものころからとびきりのご褒美みたいなものだった。

抱きあげられて手を伸ばせば触れられるのに、手が届かない大人な笑み。

それがいまとなっては、ソフィアだけに向けられているのだ。

どうして、胸がときめかないでいられるだろう。

「だ、だって……よくわからなくて……」

確かにソフィアは少し不注意だったかもしれないが、悪いのはアレクのほうだろう。

権力者がソフィアを脅《おど》して、一晩抱かれろと持ちかけてきたのだから、びっくりして固まっても仕方がないと思う。

「よくわからなくても、もっと気をつけなさい。君は本当に無防備なんだから……そういう顔をほかの男の前でされると、私が困る」

そんな砂を吐きそうなほど甘い言葉をささやいて、カイルはソフィアの頬をいとおしそうに撫でた。視線が合ったその瞬間、

――あ、キスをされるのかも……。

そんなふうにソフィアは思った。

カイルの腕にお尻を乗せて抱きあげられている格好だったから、ソフィアから顔を近づけないといけないのだ。

「カイルお兄さま……」

思いあまって名前を呼びながら、体を傾けたところで、「ちょっと待て」という不機嫌な声が割って入った。

「なんだ、アレク。夫婦のスキンシップを邪魔しないでもらおうか」

対するカイルのほうも負けじと冷ややかな声で応対している。

このふたりはいつもこんな会話しかしていないのだろうか。あいだに入っているソフィアのほうがいたたまれない。

「法王猊下の勅使だ」

アレクの端的な言葉に振り向くと、老年の聖職者が立っていた。肩掛けは勅使だけが身につける黄色。

勅使は法王猊下そのものとして扱われなければならない。

さすがのカイルもソフィアを腕から下ろし、その場に跪《ひざまず》いた。

はっと気づけば赤の聖爵アレクも同じような姿勢をとっており、ソフィアもあわてて、石床に膝をつく。

三人とも跪き頭を垂れた礼をとったところで、勅使はパリンと音を立てて封蠟を割り、まるで旗をさげるように手にしていた紙を広げて見せた。

「この勅書は法王猊下のお言葉であり、命令である。青の聖爵カイルは謹んでこれを聞け」

「御意に」

「これまでカイル・イェンス・フェリスの青の聖爵としての任期は、その妻ソフィア・ヨーレン・フェリスが成人するまでとしてきた。しかし、これまでの仕事ぶりを鑑《かんが》みて、余はその任期を延長するものとする。青の聖爵カイルは引き続き、その爵位の責任を果たし、特に罷免《ひめん》されることがないかぎり、終身、その地位に就くことを、余はここに宣言する」

――終身、その地位に就くことを、余はここに宣言する。

頭のなかで繰り返して、ソフィアはその言葉の意味を一拍遅れてから理解した。

「終身……」

ソフィアが呆然《ぼうぜん》と呟《つぶや》くそばで、カイルは「謹《つつし》んで拝命いたします」と神妙な態度で、勅命が書かれた紙を受け取っている。

「よかったですね……カイル。それにどうやら、離婚届はまだ出されていないようでよかった。赤の聖爵アレクシスが法王猊下に進言してくださったおかげです。アレクシスにも、調査内容へのお褒めの言葉がありましたよ」

老年の勅使はにこにこと人の良さそうな顔で、アレクシス――赤の聖爵アレクにも語りかける。

その内容がなんだかおかしい。ソフィアが思っていたのと、少しずつなにかがずれている。

ソフィアは一歩進みでて、使用人としてカイルに仕えるときのように、体を沈めるお辞儀をしてから言葉を発した。

「あの……大変失礼ながら、おうかがいします、勅使さま。わたしがカイル……さまと離婚せずともよいというのは、わかりました。今日に間に合うように、勅使を立ててくださった法王猊下のお心遣いにも感謝いたします……でも、赤の聖爵猊下の報告というのは、どういうことでしょう？」

さっきまで、アレクはさんざんソフィアを誘惑して、さらにはカイルの聖爵としての地位や法王猊下への報告を盾にソフィアに抱かれるように迫っていたのだ。

なのに、勅使の言葉は、まるで、アレクのおかげでカイルが青の聖爵のままでいられるような響きがあった。

「カイルが非常によく青の聖爵を務めあげているので、このまま青の聖爵の位に残そうという話がありましてね。アレクシスは、法王猊下より命を受け、セント・カルネアデスでのカイルの仕事ぶりを評価していました」

勅使の言葉を裏付けるように、立ち上がったアレクもうなずいている。

「その報告のおかげもあって、カイルはその地位に留まることが決まったのです。それに、カイルがソフィアのために離婚したがっているから、青の聖爵の地位に残すなら、早く決めたほうがいいとの進言もつけて」

ソフィアは驚くあまり、ぱっとアレクのほうへ振り向いてしまった。見れば、カイルは射殺しそうな目でアレクを睨みつけている。

「あーあ……初夜権を行使して、ソフィアと一晩楽しく過ごす予定だったのに……」

「誰がおまえなんかにそんなことをさせるか!」

「そもそも、あなたたちは初夜権というものをいいように解釈しすぎですよ……」

いがみ合うカイルとアレクを仲裁するように、勅使はしわだらけの顔でため息をついた。

それはつまりこういうことだった。

聖ロベリア公国では女性は結婚するまで処女であるべきという考えが普通だし、貴族の娘となれば、純潔は花嫁の条件でもある。

しかし、実際には結婚前に男と関係を持つ娘も多く、その不貞を建前上、隠すのが聖職者が持つ初夜権なのだと。

処女を失った娘は、初夜を聖貴族以上の高位聖職者と過ごすことで、聖なるレアンディオニスに処女を捧げたことにする。

「つまり初夜権とは、娘の不貞を見なかったことにするための便宜的な権利、あるいは処世術なんですよ。もちろん、一晩を過ごす聖職者が娘に手を出すなんてことはありません」

勅使の言葉にソフィアは大きく目を瞠《みは》る。

「……知らなかったわ」

「だからソフィアは世間知らずで困る……アレクの口車を真剣に信じてしまうなんて……」

甘い声で言いながら、カイルはソフィアとアレクのあいだに割って入る。まるで、少しでもソフィアをアレクの目から隠そうとするかのように。

対する赤の聖爵は自分のしたことを反省するつもりはないようで、まるで悪びれなかった。

「ふん、年だってそう違わないのに、カイルばかりかわいい新妻とよろしくやっているのかと思うと、まったく面白くないじゃないか。ちょっとぐらい波風を立ててやらないと、気がすまないに決まっているだろう⁉」

「そんな言い分ですむか！　なんでそうおまえは……理性でやることとと感情でやることのバランスが悪いんだ……法王猊下への進言だってもっと早くから教えてくれれば、離婚届にサインなんてしなかったのに！」

苦悩に満ちたカイルの声を聞きながら、ソフィアはことの顛末《てんまつ》に眩暈《めまい》がしてきた。

つまり、赤の聖爵アレクは、ソフィアを脅して体を求めるような誘いをかける一方で、カイルが青の聖爵でいられて、かつ、カイルとソフィアが離婚せずにすむように、法王猊下に働きかけてくれていたのだ。

――そんなことを同時にって……普通するものなの！

わけがわからない。カイルじゃなくても怒鳴りたくなるに決まっている。

だってほんの少し前まで、ソフィアはカイルからの離婚届を見せられて、目の前が真っ暗になっていたのだ。しかも、離婚したくないなら、体を捧げろというような誘いまで受けて。

「なんだか、わたし……疲れたわ……」

ソフィアは急に立っていられなくなって、ぐらりと体を揺らした。

その体を支えたかと思うと、カイルはまるで重さを感じさせない動きで、腕に抱える。

どうしてだろう。珍しく、いつもの腕に座らせるような抱き方ではなく、いわゆるお姫さま抱っこをされていた。

「きゃっ、カ、カイルお兄さま……ッ！　法王猊下の勅使の前なのに……！」

温かい腕で抱きしめられるのはうれしいけれど、困る。

どんなに勅使が微笑ましそうに見ていても、恥ずかしくてソフィアの頬は熟れたリンゴのように真っ赤に染まった。

妻のその顔を見ていたカイルは、精悍《せいかん》な顔を蕩けそうに綻ばせている。いとしくていとしくてたまらないと言うのが、見ているものに存分に伝わる表情だった。

「ソフィア……愛してる。私の妻は君だけだ……これからもずっといっしょにいよう？」

そんな告白とともに、ちゅっとキスが降ってきた。

真っ赤になったソフィアは胸がいっぱいになりすぎて、小さく「はい……」と答えるのが精一杯だった。

第七章　旦那さまとらぶあまバスタイム

ソフィアの誕生日から二日後のこと。

市都セレスから船で湾を渡り、馬車に揺られたあとで、ソフィアは九年ぶりにフェリス伯爵領に足を踏み入れた。

「ソフィアお嬢さまにカイルさま、お帰りなさいませ！」

馬車を降りたソフィアが軽い足取りで、玄関の階段を上って扉を開くと、家令が驚きを露わに出迎える。

老年の家令はまたしわが増えたようだけれど、ソフィアの記憶のなかの彼とそう変わりはない。彼の声を皮切りに、あちこちから使用人が集まってきて、玄関を入ってすぐのエントランスホールに整列した。

「「お嬢さま、お帰りなさいませ！」」

一斉に唱和されると、懐かしくもくすぐったい。

「ただいま……わたし、ようやくカトル・ラントレーに戻ってきたわ！」

そう宣言するように言うと、周りから暖かい拍手が起こった。

父親が生きていたころから、この屋敷は家庭的な雰囲気があったけれど、かといって使用人たちが手を抜いて勤めているわけでない。ぴかぴかに磨きあげられたエントランスホールを見ただけで、ソフィアは静かな感動を覚えた。

電話で今日の訪問を伝えていたとはいえ、一日二日で屋敷中を掃除できるわけがない。

大きな陶器に活《い》けられた遅咲きの薔薇は美しく、絨毯《じゅうたん》は埃《ほこり》を被っていない。往時のままの生家の姿に、ソフィアはようやく自分の家に帰ってきた実感が湧いた。

地方屋敷によくある造りをしたカトル・ラントレーは敷地もそうだが、屋敷のなかも広い。

懐かしさに目をきょろきょろとさせているうちに、ソフィアは大きくなった自分の目で、記憶のなかの場所を確認したくなってしまった。

「カイルお兄さま、わたし屋敷のなかを歩いてみたいのだけど、いいかしら？」

「もちろんだよ、ソフィア」

カイルはそう言うと、ソフィアに腕を差し出した。

ソフィアは帽子と肩のケープを侍女に預けて、身軽なデイドレス姿になると、差し出されたカイルの腕に自分の腕を絡める。

「これからはソフィアがこのカトル・ラントレーの女主人だ。どこへなりともお供しましょうか……女王陛下《ユアマジェスティ》？」

ユーモアたっぷりに言われると、ソフィアも楽しくなってくる。つい、

「よくってよ？　わたしの旦那さま？」

なんてきどった声で答えてしまう。

「最初に行くのはわたしの部屋よ」

弾んだ声を出すソフィアに答えて、カイルが弧を描く階段を上りはじめる。

父親の葬式の日、結婚契約書をとりにいくために上ったあのときとは雲泥の気分だ。カイルの腕にぎゅっと抱きついたソフィアは、満たされた気分で相好を崩した。

先日、相続の手続きを終えたことで、成人のソフィアは後見人なしで物事を決められる、正式なフェリス伯爵位の女継承人となった。

父親も母親もいなくなってしまったけれど、この領地屋敷は楽しかった子ども時代のまま、変わりなく整えられていて、ソフィアはうれしかった。

自分の部屋だけじゃない。幼いソフィアがカイルと過ごした図書室も、薔薇のアーチが出迎えてくれる迷路庭園も綺麗なまま残されており、ソフィアは目頭が熱くなるのを感じた。

「ねぇ見て、カイルお兄さま。薔薇の生け垣がこんなに低いんじゃ、もうかくれんぼができないわね」

ソフィアが小さなときは、普通に歩いているだけで薔薇の生け垣にすっぽりと隠れていた。

背が高いカイルはどこにいても目立つから、迷路庭園でかくれんぼをしたときはいつもソフィ

アのひとり勝ちだった。

「ソフィアはこんなに小さくてすばしこかったからな……愛らしいいたずらっ子が木登りしたりやんちゃをするたびに、こちらはどれだけ心配したことか」

話しながら、昔のことを思い出したのだろう。

カイルは眉間にしわを寄せて、ソフィアの額を軽くつついた。こんなささやかなやりとりさえ、カイルとずっといっしょなのだと思うと、とてもしあわせな気持ちになる。

——ずっと会えなかった時間があったから、なおさら……。

ソフィアはカイルと腕を組んで歩きながら、万感の思いをこめて微笑んだ。

「叔父さまはずっとフェリス伯爵位をあきらめていなかったのね……」

おじのミスター・ドラジェは、ソフィアの誕生日にカイルに殴りかかったところを現行犯逮捕され、いくつかの余罪について取り調べを受けているのだという。

「彼は何度かセント・カルネアデスにも来ていたのだが……ソフィアが聖殿にいないとわかると、私の行動を見張っていてね……忙しかったのもそうだけれど、ソフィアに会いに行くと、君の身が危険になるのではと思って、会いに行けなかったんだ」

カイルはソフィアを抱きしめて、髪をやさしく撫でてくれる。気のせいだろうか。その指先は、ベッドのなかで触れるときより、昔、兄代わりをしていたときの愛情をより多く帯びている気がした。

「そう……わたしね、ずっとずっとカイルお兄さまに会いたかったの……なのに、カイルお兄さまは会いに来てくれないし、わたしと離婚するって新聞に書かれているし……だから、会いに来たのよ」

「ソフィア……」

淋《さび》しかった気持ちがよみがえると、ソフィアの翠玉《すいぎょく》の瞳が不安に揺れる。

その気持ちを見透かしたように、カイルは体を折って、ソフィアにキスをした。

「んんっ……ふ、ぅ……」

軽く押しつけるように口付けのあと、唇を唇で嬲《なぶ》られて、ぞくりと腰の芯が熱くなる。

ゆっくりと唇が離すと、カイルは体を揺らしたソフィアを素早く腕に抱きあげた。

「初めて聖殿にきたときには、綺麗になりすぎて……すぐにはソフィアだとわからなかったぐらいだよ」

「だって九年も会わなかったのですもの」

唇を尖《とが》らせて非難するような口調になってしまう。

いくら鉄道や船が発達しても、距離と時間は心を隔てる。いつもいつもソフィアはカイルが恋しくて仕方がなかった。

「でも話し方や表情が、ときどきはっとするほどよく似ていて……そのキラキラとした翠玉のような瞳も、ソフィアを思い出させるものだから……どきどきしたよ。ソフィアと似ていても、フェリシアはもうすっかりレディだったから……」

そんなふうに言いながらカイルは、大事な宝物をもう誰にも渡さないとばかりにぎゅっと抱きしめる。

「私はフェリシアに……大人になった君に恋をしてしまった……もう離婚すると決めていたのに、アレクに触れられている君を見たら、自分でも信じられないほどどす黒い独占欲に侵されて……我慢できなかった」

「カイルお兄さま……その、わたしはうれしかったわ……」

最初はアレクに嫉妬されていることが信じられなかった。けれども、カイルに体を奪われて、ソフィアのほうこそ、どれだけどきどきしたか。

これで白い結婚を盾にカイルと離婚されないのだと思っていたのに、本当は違ったのだ。

赤の聖爵からカイルが青の聖爵になった理由を聞かされたときのソフィアは、自分がいかに自分のことしか考えていなかったのか、カイルがどれだけソフィアに尽くしてくれていたのかを考えて愕然《がくぜん》としてしまったほどだ。

「わたし、カイルお兄さまにいっぱい迷惑をかけたと思うけど……それでも、カイルお兄さまが好き」

こうやって綺麗に管理されたカトル・ラントレーを維持できたのも、穏やかな気持ちでこの地を訪れることができたのも、すべてカイルが自分の人生を変えてまで手を尽くしてくれたおかげなのだ。

じっと見上げていると、カイルはふっと微笑んで、ちゅっと鼻の頭に口付ける。

「ソフィア……そんなに感謝してくれているなら、その体でお返ししてもらおうか」

「は？」

「かわいい新妻がどれだけ感謝を示してくれるのか、楽しみだな」

そんなとどめの一言を言い放つカイルは、やさしい青年の仮面を消し去り、餓《う》えた獣のような気配を漂わせている。

「わ、わたし……体でなんて……そんなぁ……！」

真っ赤になったソフィアを腕に抱いたまま、カイルはまるでダンスをするようにくるくると回りながら、屋敷へ戻りはじめたのだった。

† † †

「これはまた……ずいぶん可愛らしい格好でやってきたものだな」

ソフィアがもじもじと手であちこちを隠しながら部屋のなかに押しこまれると、カイルはくつくつと、さも面白そうにのどの奥で笑った。

なにせ、ソフィアは透けるほど薄布で作られた丈の短いナイティを着ていた。下肢に纏うズロースもじっと見れば恥毛が透けて見える。

このナイティをソフィアは侍女に無理やり着せられたのだ。

久しぶりに帰ってきたソフィアは、まるでおもちゃの人形のように侍女たちの手でデイドレスを脱がされ、髪を整えられた。そして、「こちらでカイルさまがお持ちです」と言って連れられた扉のところでローブを剥《は》ぎとられてカイルに差し出されたのだった。

「み、見ないで……恥ずかしいからっ！」

カイルの青い瞳でじっと観察されると、なおさら自分の格好がいたたまれない。必死になって裾をなるべく長くするように引っ張る。一方で、胸をじっと見られていると思うと、今度は手で隠して身悶《みもだ》える始末だ。

とまどうソフィアが侍女に案内されたのは、バスルームだった。

正確には、手前が脱衣所になっており、奥はタイル張りの壁と床に猫足のバスタブが置かれている。

真っ白な陶器の浴槽には金の縁飾りがあり、とてもお洒落《しゃれ》だし、大きな窓から光が射《さ》しこむ浴室も、真鍮《しんちゅう》の蛇口と最新式のシャワーを備えていて素敵だ。子どものころに使った記憶はないから、このバスルームはカイルが新調させたものなのだろう。

泡だらけになった浴槽からは蒸気が立ち上り、むっとした気配を漂わせている。

ハチミツのシャボンの匂いは甘くて、ソフィアも身綺麗にしたいと思う。しかし、カイルがこの部屋で待っている意味を考えると、ソフィアはどうしたらいいかわからなかった。

まだ詰め襟をぴっちりと閉じた格好のカイルの前に立つと、胸の蕾《つぼみ》が透けて見えそうな自分の格好が恥ずかしくて仕方がない。

「カ、カイルお兄さま、その……」

侍女たちからは「新婚も同然なのですから、お嬢さま、頑張ってくださいませ！」と応援されてきたのだけれど、さすがにこれは恥ずかしい。

なにを頑張るのかというのは理解している。このフェリス伯爵領を継承するための子作りに違いない。

聖殿を訪ねて、白い結婚を終えるために、カイルを誘惑したときは平気だったのに、どうしてだろう。晴れて妻として子作りを強請るほうがよほど恥ずかしいなんて。

こんな淫らな格好をさせられると、自分がずいぶんと卑猥《ひわい》なことをする気がして、カイルと目を合わせることもできない。

「ソフィア……こっちへおいで。感謝の気持ちを体で示してくれるのだろう？」

カイルは籐製《とうせい》の椅子にゆったりと腰掛け、抱っこしてあげるとばかりに腕を広げた。

これは危険な予感しかしない。と思ったけれど、もう一度、「ソフィア」と名前を呼んで促されると、逆らえるわけがなかった。

「初夜のやり直しをしよう……ちゃんと結婚していて、ソフィアだとわかっていて……このカトル・ラントレーで夫婦としての営みをしよう、ソフィア」

横座りに膝の上に抱えられると、薄布が肌にこすれて、それだけで淫らな気分になってしまう。

「すごい……ソフィアはこんなにもう……胸の先がピンと尖って……いやらしいな」

そんな言葉を吐きながら、ふにふにと薄布の上から胸を撫《な》でてくる。

「あぁんっ……やぅ……それ、布で擦れて……あぁっ」

薄布を突きあげる乳首を弄ばれると、鋭敏なところに布地が当たり、指で直接触られているのとはまた違う愉悦が走った。

びくんと体を揺らして、ソフィアが沸き起こる震えに耐えていると、カイルはそんなソフィアの愉悦を見透かしたように、ズロースの上から薄い毛が生えた恥丘を撫でた。

「ンひゃ、あん……ッ！　あぁ……や、ダメです。カイルお兄さまのトラウザーズが汚れちゃう、の……！」

淫唇が濡れる感触に、ソフィアは思わず太腿《ふともも》を擦りあわせて耐える。

薄布しか身に纏っていないから、秘部から溢《あふ》れる愛蜜が、あっというまに下着を濡らしてしまう。

お尻の下のカイルの衣服にまで、染みないかと心配になったのに、カイルはもっと蜜を零させようというのだろう、布の上から蜜口をかき混ぜるように指をばらばらに動かした。

布の上から疼《うず》いていた場所に触れられると、びくんと体が跳ねる。

「いやぁんっ、カイルお兄さま、ダ、メぇ……服、せめて、カイルお兄さまもその長衣を脱いでくださいませ！」

ソフィアがじたばたと暴れて、これ以上の愛撫《あいぶ》はダメだと意思表示すると、カイルもさすがに観念したらしい。

「じゃあ新婚らしく、わが妻に服を脱がせてもらおうか」

素敵な笑顔でそんなことを言われると、たったいま腕から逃れようともがいていたことなんて忘れて、まあいいかなと思ってしまうから、われながら単純だとソフィアは思う。

「いいわ、じゃあ……いたずらしないで、じっとしていてください」

ぴしっとした命令口調で言うと、ソフィアはまず、青の聖爵の位を示して肩掛けを外して、空いている椅子の背にかけた。

次は上着だ。これはいちばんの難関で時間がかかることがわかっていたから、椅子に膝をついて、座るカイルに覆《おお》い被《かぶ》さるような格好で、首の留め金を外した。

ぷちっぷちっと、ボタンをひとつずつ外して禁欲的なまでに肌を包み隠した長衣を脱がせていくのは、どこか背徳的な気分にさせられて、震えあがるほどの悦《よろこ》びを感じてしまう。

「カイルお兄さま、手を挙げてくださいませ……ひゃん！」

夢中になって脱がせているところに、急に、胸の先を舌で舐《な》められた。もちろん薄布の上からだ。

「な、なにをなさるんですか……！　いたずらしないでくださいってお願いしたじゃないですか！」

「了承したとは言っていない。だいたい、目の前でこんな美味《おい》しそうな果実をちらつかされて、食べないでいられるわけがない……ン、ぅ」

悪びれないでカイルは開き直り、ソフィアの腰を抱き寄せると、布の上からツンと尖った蕾を口腔《こうこう》に飲みこんでしまった。

「ンンぁっ……あぁんっ……あっあっ……！」

たちまち、薄布はカイルの唾液で濡《ぬ》れた。赤く尖った胸の先がますます透けて見えるのが淫《いん》靡《び》で、見ていられない。

さっきから少しずつ弄ばれていた快楽が大きな波になって、ソフィアを襲う。びくんと背をのけぞらせて、胸を弄ばれるだけでソフィアは早くも達してしまった。

「あぁん……あぁ……――」

かくんと達した体が弛緩《しかん》して、カイルの腕のなかに墜《お》ちる。

愉悦に蕩けたソフィアの髪に指を入れて撫でて、妻の顔に口付けて、うっとりと言う。

「よかった……こんなかわいくて淫らなソフィアをアレクなんかにとられなくて……」

ぎゅっと力が入らないソフィアを好きに抱きしめて、カイルはちゅっ、ちゅっ、と髪にも口付ける。

その無造作な仕種《しぐさ》に、思いがけないくらい、カイルはソフィアの髪が好きなのだと思う。

「……カイルお兄さまは、わたしと赤の聖爵猊下《げいか》を娶《めあわ》せようとなさっていたのではないですか」

むぅっと唇を尖らせて、ソフィアは不満を露《あら》わにする。

カイルは何度もアレクに嫉妬して、離婚したらソフィアがアレクと結婚するのではと疑っていた。

事情を知らなかったソフィアは、なぜカイルがそんなに自分とアレクの仲をしきりに気にするのかわからなかったが、それはソフィアの再婚相手を気にしてのことだったのだと、ようやく理解した。

カイルとアレクは剣呑な会話を交わすわりに、仲がいい。

おそらくカイルのなかではアレクはソフィアの再婚相手候補だったのだ。

「そのとおりだ……私が聖爵でなくなったら、ソフィアとは結婚したままでいられないし、そうしたら、ソフィアはフェリス伯爵位のために再婚しなければいけなかっただろう？　アレクはソフィアのことを気に入っていたし……」

「あ、あれは赤の聖爵猊下の冗談だったのでしょう？」

確かに赤の聖爵から何度か誘いかけられるようなことを言われた。

顎に手をかけられたり、ダンスに誘われたりもした。

しかし、冷静に考えてみれば、赤の聖爵ほどの高い身分の方が、わざわざソフィアなんかに目をつける理由はないのだ。

もちろん、たまたま目にしていた娘が自分に反抗するのが許せないというのはあるにしても。

「ソフィアはそんな調子だから、何回もアレクなんかにつけこまれるんだ。どうしてくれようか……この男を惑わす、かわいい悪女め」

いつになく冷ややかな声で言うと、カイルはソフィアを椅子におろした。なにが起きるのだろうと考えるより早く、自らの衣服をすべて脱ぎ捨てると、ソフィアの体からも乱暴にナイティを剥ぎとる。

「カイル、お兄さま?」

なんだか雲行きが怪しいとばかりにソフィアが恐る恐る話しかけると、カイルからきっと睨《にら》みつけられる。

「きっちりお仕置きしてやらないと……気がすみそうにない」

「は?」

カイルはソフィアの体を腕に抱きあげると、蒸気が漂う浴槽に近づいて、そのまま体を沈めてしまった。

ふたりぶんの圧力がかかり、ふわりと細かい泡が空中に飛び散る。

釣鐘草《つりがねそう》の形をしたシェードランプに照らされ、シャボンの泡が七色に光って綺麗だ。ソフィアが思わず舞いあがる泡に目を奪われていると、その油断しているところを、するりと胸を撫《な》でられた。

「さぁ、わが妻を綺麗に洗ってやろうか」

カイルはシャボンを手にして、浴槽に溢れる泡よりも滑らかな泡を手の上に作ると、そのクリーム状の泡をソフィアの胸に塗りつけた。

「やぁんっ、ま、待って、カイルお兄さま……！　胸は、あぁん……！」

なめらかな泡は想像以上にくすぐったくも気持ちいい。ぞわぞわと背筋が震え上がり、たちまちソフィアは甲高い嬌声《きょうせい》をほとばしらせた。

浴室のタイル壁には、ソフィアの鼻にかかった声がよく反響する。

猫足のバスタブは大きくて、ふたりで入ってもゆったりしていたけれど、カイルの腕に背中から抱きしめられ、ソフィアは好きなように弄ばれてしまう。

「待たない……聖爵たる私がソフィアの配偶者なのだから、私は妻の体を隅々まで蹂躙《じゅうりん》する権利があるだろう？」

厳然とした声で言い放ち、カイルの手はますますソフィアの胸を揉《も》みしだいた。

——いっそ、荒々しくされほうが、まだましなのに……！

そんなふうに考えてしまうくらい、なめらかな泡の攻撃は、耐えがたく愉悦を呼び覚ましている。

　ずっとふるんふるんと、くすぐったい快楽にさらされるほうが、強く嬲られるより、体が愉悦に震えあがるなんて。

　ソフィアはこれまで知らなかった。

　もちろん、告解室で抱かれたときも、聖なる場所を犯してしまったかのような背徳感に襲われて震えあがったし、あれも初めての経験だった。

　――わたし、カイルお兄さまと、たくさんの初めての経験をしているのだわ……。

「ンンぁっ……あぁん……あっあっ……そこ、ダメぇ……」

「ダメぇなんて鼻にかかった声で言われても、説得力がないな……ここは感じるんだろう？　ソフィア？」

　腋窩から脇乳にかけて愛撫を繰り返したあとで、ずっと触れてなかった乳首を捻《ひね》りあげると、ソフィアの体は面白いように跳ねた。

「ひゃうんっ……ンあっ……あぁんっ……カイル、お兄さま、それは……ほんとに、ダメ……あっあっ……！」

　くりくりと飴玉《あめだま》を転がすように指先で赤い蕾を弄ばれると、びくびくと背をのけぞらせて、ソフィアはたまらなく感じさせられていた。

「綺麗にしてくれるって……言ったのにぃ……」

愉悦を感じるあまり、悲しいわけではない涙がまなじりから溢れる。

「ちゃんと私の手で綺麗にしているだろ？　こんなに楽しいバスタイムは初めてだ」

「う、嘘《うそ》つきぃ……あぁんっ」

ソフィアはともすれば泡まみれになった体が滑って、泡まみれのお湯に沈みこみそうになりながら、泡まみれの攻撃に真っ赤になって耐えていた。

華麗な装飾が施された鏡も置かれた、タイルの目地まで真新しい部屋で、けれども泡まみれのソフィアはカイルの手に好きなように弄ばれ、ゆったりとしたバスタイムを楽しむどころではない。

「嘘つきだなんて心外だ……もっと激しく胸を撫でてほしいのか？　わが新妻はわがままで困るな……こんなにツンと胸の蕾を堅く尖らせて、いやらしい体だ」

——困らせているのは、カイルお兄さまじゃないのぉ……。

色気のある声で意地悪を言われるくらい破壊力がある責め立てがあるだろうか。

耳朶《じだ》からぞわりと震えが走るのを感じたソフィアは、カイルの手から逃れようとしたが、無駄だった。

長い腕に腰を捕まれて、すぐ引き戻されてしまう。

しかも、逃げようとしたお仕置きだと言わんばかりに、さらに赤い蕾の括《くび》れをくすぐられて、また鼻にかかった声を零した。

「ひゃうんっ、あっあっ、胸の先、くりくりしちゃ……あぁんっ！」

滑らかな泡まみれの手で胸を撫でられると、それだけでもぞくりと震えあがるような愉悦が背筋を走る。

なのに、敏感な胸の先を泡まみれの指で弄ばれるとなおさら感じてしまう。

まるで体の内側を和毛《にこげ》で柔らかく撫でられたかのような、気持ち悪くて気持ちいい快楽に襲われて、ソフィアは泡まみれの背をのけぞらせた。

触れている肌が熱い。弄ばれているところが、泡の滑らかな感触で絶妙に感じさせられて体は反応する。

その泡の滑らかさに感じるだけじゃなく、腰の芯もずくずくと収縮して、体のあちこちで快楽の悲鳴があがっていた。

「そんなに甘い声をあげて……ソフィアはよほど、お風呂で泡にまみれるのが気に入ったみたいだな……ふるふると震えて、かわいい……このまま食べてしまいたいくらいだ」

「やぁんっ、カイル、お兄さまぁ……あぁんっ……胸、弾かれるとわたし……ひっ、あぁんっ……！」

泡でよく滑る胸を親指と人差し指のあいだで扱《しご》くように動かされると、胸の先が揺れて、その揺れでさえ感じてしまって辛い。

なのに、カイルはそんなソフィアの嬌声さえ楽しんでいるみたいで、体のあちこちを泡まみれの手でしごいては、ソフィアの体をびくびくと震わせていた。

敏感になった肌は、カイルが手を滑らせるたびに、ぞわぞわと快楽を感じてしまう。まるで全身が性感帯になった気がして、ソフィアの張りのある肌が艶《なま》めかしく上気する。

「たまらないな……もう、泡まみれのソフィアがかわいすぎて……どうしてくれようか。聖殿にもこんなバスルームが欲しいな……毎晩ふたりでお風呂に入ってもいい……」

「や、だぁ……か、かわいくなくていいです……あぁんっ、毎日泡まみれは、いやん……あっあっ……！」

イヤイヤと首を振ると、またそんなこと言う妻にはお仕置きだといわんばかりに、胸の先をきゅうっと強く抓《つま》みあげられた。

するとひときわ快楽の波が高まり、ソフィアはまたしても絶頂に上りつめさせられた。

びくんと跳ねた体がくたりと力を失い、厚い胸板にもたせかかる。

「ほら、こんなにすぐ快楽に墜ちるくせに……ソフィアは子どものころから変なところが頑固だな……すぐに『カイルお兄さまお願い』っておねだりして、君から腰を揺らすことになると思うけどね……」

「そんな、恥ずかしいこと……しな……ふぁんっ」

否定しようとしたそばから、お臍《へそ》周りをさわさわと撫でられて、びくんと体が跳ねた。

蕩けた体で聞くには、あまりにも冷ややかなカイルの声音には、どきりとさせられる。怖いと思うのに、逆に体はきゅんと熱く疼いて、嗜虐《しぎゃく》的な行為を期待してもいた。

さっきからお尻に当たっている堅いものがこれから自分に穿《うが》たれるのかと想像するだけで、期待半分、怖さ半分でソフィアはごくりと生唾を飲みこんでしまう。

「だいたい君は、もうこんなに濡れているじゃないか……ソフィア?」

下肢の狭間《はざま》に手を伸ばされると、ぬるりとした感触に震えた。水とも泡の滑らかさとも違うぬめりを帯びた秘部を撫でられると、ぞくりと背筋に快楽の怖気《おぞけ》が走る。

「はぅっ……そ、こを擦るの、だめぇ……ひゃぁ、あぁっ、ンあぁぁっ……!」

ぐじゅぐじゅと淫蜜を絡めて陰唇を解されたあとで、恥毛をかき混ぜられるのも気持ちいい。びくんと背をのけぞらせて、愉悦の波が高まるのを怺《こら》えた。

泡まみれになっていると、カイルの太腿が自分の太腿と擦れるのさえ感じる。

快楽に翻弄されて体の力が抜けたところで、秘部に肉槍の先を当てられた。とたんに、淫唇全体を絶妙に擦られて、またソフィアの口から鼻にかかった嬌声がほとばしった。

「ひゃぁんっ……あっあっ……ひ、ぅ……硬いの、当たって……あぁんっ!」

「かわいい新妻の啼《な》き声を聞いているうちに、もうこんなになってしまったぞ……ソフィアが責任をとって慰めてくれないと」

そんなことを言われて、太腿のあいだで挟むように動かされると、カイルを気持ちよくするよりも、自分自身が快楽に灼《や》かれてしまいそうだ。

淫唇を嬲られるのと同時に胸を泡まみれの手で撫でられる。

そうやって、体の外側に愉悦を与えられるのに呼応するように、体の芯がきゅうきゅうと収縮して、早くこの空隙を埋めてほしいと切なく訴える。それはそれで辛い。

「ふぇ……あぁん……カイル、お兄さまぁ……」

さっき『そんな恥ずかしいことはしない』と言ったそばから、腰が自然と動いてしまう。

熟れた胸の先がじりじりと勝手に疼いて辛くて、カイルの腕のなかでソフィアは鼻にかかった声をあげた。

「なにがご希望かな、かわいい奥さま？　ちゃんと言ってくれないと、わからないぞ……ソフィア……ん」

わかっているくせに焦らすようなことを言って、カイルはソフィアの耳朶を甘噛みする。

「くすぐったっ……耳、やだ……耳元で、その声を出されると、わたし……」

カイルの低い声には弱い。子どものころからいい声だと思って大好きだったけれど、いまはもう好きを超えて溺れてしまっている。

特に抱かれているときの意地悪な声は格別なのだ。

この嗜虐的な声がいちばん好きだとは、怖くて絶対に口に出せないけれど、低く色気のある声で名前を呼ばれるだけで耳から犯されて、なんでもいうことを聞きたくなってしまう。

「んんっ……なに、ソフィア？」

カイルのねっとりとした舌が、耳裏から耳殻へと動いて、くすぐるようにソフィアの耳を侵し回る。

ざわりと身が震えるのは、声の響きのせいなのか、舌の蠢《うごめ》きのせいなのか。

ソフィアにもよくわからない。

体中の力が抜けて、浴槽のなかに沈みこみそうになるのを、カイルの手に支えられる。

腋窩に手を入れられて、くるりと反転させられると、真っ赤になったソフィアは、カイルと向かい合わせに座らされていた。

「やぁ……カイル、お兄さま、見ないで……もう……！」

泡まみれの体のなかで、胸の先だけぴんと尖《とが》っているのは妙に卑猥な気がして、ソフィアはもじもじとカイルの太腿の上で身悶えた。その羞恥に真っ赤になった顔が、もっともカイルの嗜虐心を誘っているのだとはソフィアは知らない。

胸を隠そうとしても、カイルの手に払いのけられて、ちょうど青い瞳の前に赤い蕾をさらす格好になっていた。

やわらかいカイルの微笑《ほほえ》みが素敵なのに、怖い。

顔を寄せられて、ふっと息をかけられるだけで、胸の蕾から泡が飛んで、ずくりと疼いた括れがまた勝手にすぼまった。

「うぁんっ……胸、ダメぇ……ッ！」

　ソフィアが逃れようとすると、蜜口に屹立《きつりつ》する肉槍を当てられた。まだ入れられてはいない。なのに、焦らすように淫唇に押しつけられただけで、期待にごくりと生唾を飲みこんでしまう。

　――欲しい……カイルお兄さまの、この硬くて太い欲望に貫《つらぬ》かれたい……。

　どうするんだと焦らすように、蜜口で動かされるだけで、「あぁんっ」と甘い声をあげて胸を揺らした。

「ほら、ソフィア……おねだりするなら、はっきり言いなさい」

　下乳から胸を持ちあげるように摑まれて、また刺激を与えられそうな気配に腰が揺れる。

　――体の芯が熱くて熱くて、頭がおかしくなりそう。

　そんな状態に追いつめられると、もう恥ずかしさよりも体の疼きのことしか考えられなくなっていた。

「入れて……ください……旦那さまの……硬くて、熱いのが欲しい……です……」

　自分で口にしながら、恥ずかしさで死にたい気持ちになる。

　それでも、カイルは満足したようで、整った顔に満面の笑みを浮かべると、ソフィアの太腿を開かせて、正面で体を抱き合うようにして、肉槍を陰唇に突き立ててくれた。

「ひゃあ……あぁん……く、大きすぎ……もぉ、入らない、ですぅ……！」

　自分から望んだことなのに、硬く屹立した肉棒が膣道を割って入ると、ソフィアは圧迫感に呻《うめ》いた。最初に抱かれたときからそんな予感はしていたのだけれど、カイルの欲望はぱんぱん

に膨れあがると大きすぎる。

華奢《きゃしゃ》なソフィアを蹂躙するにはあまりあるみっちり感のせいで、快楽より異物感に襲われる。

なのに、十分濡《ぬ》れそぼった蜜壺はそんなソフィアの呻きとは正反対に、つぷつぷと淫蜜にまみれて、カイルのものを咥《くわ》えこんでいた。

「ちゃんと入っているよ……ほら、いやらしく腰を振ってごらん……そう、いい子だ」

カイルの声に合わせて腰を動かされると、膣壁の感じるところを亀頭が抉《えぐ》り、ぞわりと耐えがたい愉悦が腰の奥で火花を散らした。

奥まで当たったかと思うと、腰を浮かして引き抜かれ、またずずっと体重をかけて突かれる。

ひくん、と膣が収縮して、もっと肉槍を咥えこもうと蠕動《ぜんどう》して、子宮の奥がひっきりなしに疼いていた。

「カイル、お兄さまぁ……あぁん、あっあっ……やぁん……吹き飛びそ……あぁん……ッ！」

がくがくと腰を揺らされるたびに、直接的な疼きと、意識をさらう愉悦の波とが交互に襲ってきて、苦しい。

どうしようもなく熱を持てあまして、ソフィアは泡まみれの体でカイルの首に抱きついた。

「ンぅ……ソフィア、かわいい……真っ赤になって蕩けそうな顔もいいね……」

ちゅっ、ちゅっ、とカイルはソフィアの鼻の頭に、唇の端にキスの雨を降らせて、体を大きく開かせた。

「あっ、あぁ……ひゃ、ぁ、奥、突いてぇ……もぉ、もぉ……!」

きゅうきゅうと、肉槍に絡みつく膣が、激しい抽送を求めて疼く。

ソフィアのなかで欲望が暴れて、自分でどうすることもできないまま、猥りがましく腰をくねらせていた。

「上から腰を振るだけじゃ物足りないのかな、いやらしいわが妻は……もっとめちゃくちゃにしてってことだろうな?」

甘い声でささやかれるけれど、もう言葉の意味を考える余裕がソフィアにはなかった。

「あっあっ……してください……ソフィアのこと、めちゃくちゃに……あぁんっ」

喘《あえ》ぎ喘ぎ、聞かされたばかりの言葉を繰り返すと、ずずっと、肉槍を引き抜かれ、体を反転された。

みっちりとした肉槍を失った膣道は物欲しそうにひくついて、苦しい。絶頂へ上りつめようとしていたところでお預けを食らわされて、淫唇から愛蜜が零《こぼ》れた。

「やぁ、お願い……イかせて……カイルお兄さまぁ……」

鼻にかかった声で強請ると、泡まみれのまま、陶器の浴槽の端に手をかけさせられた。

膝をついてお尻を突き出すような格好で、ひくひくと充血した淫唇をカイルの眼前にさらしている。つぷりと骨張った指で柔襞を弄ばれると、「あっあっ」と愉悦にまみれた短い嬌声がソフィアの口からひっきりなしに漏れた。

「欲しい？　ソフィア……誰のものが欲しいのか、言ってごらん？」

媚肉を押し開くようにして、指を動かされたあと、ちゅっと淫唇を吸いあげられた。

ぷっくらと膨らんだ淫芽は指で擦られるとそれだけでイってしまいそうなほどの愉悦に襲われる。それでいて、吸いあげられるのは、これはこれで違う刺激に体の芯が熱くなるのだ。気持ちよすぎて、頭の芯まで甘い蜜を流されたかのように、ソフィアは快楽に蕩《とろ》かされていた。

「カイル……お兄さまの……あぁんっ、大きくて硬いのに、貫かれたい……です……ソフィアに、カイルお兄さまのを、くださぃ……」

「ソフィア……カイルお兄さまじゃなくて、旦那さま」

「だ、旦那さま……旦那さまぁ、お願い……」

――カイルお兄さまと旦那さまは同じなのに……変なの。

言われたとおりに言い直したけれど、自分の背後でカイルが苦笑いをしていることにソフィアは気づかない。

愉悦に痺《しび》れた頭では、甘えた声でおねだりするのが精一杯。

泡まみれの手で浴槽の縁を摑んでいる指先さえ覚束《おぼつか》なくて、いまにも体が崩れてしまいそうだった。

「もうお兄さまは卒業したいところだが……仕方ない。今日はこのぐらいで許してやろうか」

苦い声でそんな言葉を呟《つぶや》くと、カイルは後ろからソフィアを貫いた。

「ひゃあぅん……あっあっ……そこ、ダメ……感じすぎて……変になるからぁ……あぁんっ」

いつもと違う体勢のせいだろうか。さっきまでとは違う性感帯を突かれて、ソフィアはまたあられもない嬌声をあげる。

反り返る欲望は後ろから突きあげ、がくがくと胃の腑《ふ》をせりあげて、激しくソフィアの体を揺らした。

「ンンぁっ……あぁん、ンあぁっ……ひぃ、あんっ……こんな格好で……こんなに、感じるなんて……あっあっ……！」

膝をついて尻を突き出した格好は、どこかケダモノじみている。

「ソフィアの啼き声はかわいいから、いいよ……どんな格好をしてても、ソフィアはかわいくて困る……その顔でもっともっとってよがり声をあげられると逆らえないからな……くっ、もう……ソフィア、締めつけすぎだっ……」

腰に腰を打ちつけるように抽送を速められると、ソフィアの膣壁も愉悦に激しく収縮して、ソフィア自身、もう快楽に翻弄されるしかなかった。

自分の膣道がカイルの肉槍を締めつけていて、苦情を言われたところで、自分の意思でゆめることとなんてできない。

ソフィアの体は意識する以上に、貪欲にカイルの体を求めてきゅうきゅうと締めつけている。

「あぁんっ、だ、旦那さまぁ、あぁ……もぅ、きて……わたし、わたし……」

ぶるりとソフィアが無意識に体を震わせたのと、奥深くまで穿たれた肉槍がぶるりと震えたのはほとんど同時だった。

どぴゅっと体の奥に熱い精を放たれた瞬間、華奢な体がびくびくと震えて、愉悦の波に飲みこまれる。

かくんと腰が崩れて、泡まみれのお湯に崩れそうになったソフィアを、すんでのところでカイルの腕が抱き留めた。

力尽きたように体を重ねて、浴槽の背に持たせかかる。

「愛しているよ、ソフィア……」

昔からの癖になっているのだろう。カイルはソフィアの髪をやさしく愛撫しながら、うっとりと呟いた。

その声にへらりと口元をゆるめたソフィアは、恍惚《こうこつ》のなかで意識を手放したのだった。

エピローグ　聖爵猊下の可憐な花嫁

セント・カルネアデスの聖殿は、今日の礼拝も大盛況。

青の聖爵《せいしゃく》カイルが聖典を詠唱する声に、うっとりとみんな聞き入っている。

「聖爵猊下のお声、素敵ねぇ……毎日詠唱してくだされぱいいのに」

「でも毎日聖殿に通いつめたら、カイルさまの声やお顔のことばかり考えて、仕事が手につかないわよ」

そんな悩ましい呟きを耳にして、ソフィアは柱の陰でひとり悦に入って微笑んだ。

──そうでしょう素敵でしょうとも！　なんたって、わたしの旦那さまなんだから！

そう全世界に言って回りたいくらい、青の聖爵カイルはソフィアの自慢の旦那さまだ。

聖ロベリア公国にたった七人しかいない聖爵のひとりで、他国でいうところの王侯貴族に等しい。伯爵家の娘だったソフィアにしてみても、聖爵猊下は雲の上の存在だった。

──それがいまはわたしの旦那さま……。

うっとりとカイルを眺めていると、不意に同じようにカイルを見つめる視線──セント・カルネアデスの市長の娘マレーヌと視線が合った。

そのとたん、きっ、と険のある目で睨みつけられたけれど、そんな妬心にさらされるのさえ、今日ばかりはいい気分にさせられてしまう。

マレーヌの豊かな胸や艶やかな容姿を見ると、いまもちくちくと劣等感が刺激される。

ただでさえ、カイルと自分は釣り合っていないと思うのだ。

幼いころから好きだったとはいえ、祭壇で何千人もの信者、市民を前に衆目を集めるカイルを見ると、本当にその隣に立つのが自分でいいのかと気後れする。やっぱりマレーヌのように、自信に満ちた女性のほうがふさわしいのではと、ついうつむきたくなってしまう。

しかし、それももう終わりにしようとソフィアは強く自分に言い聞かせた。

——だって、カイルお兄さまはわたしを選んでくださったのだもの……。

『君はこの咲き初めの薔薇のように思えるよ』

そんなふうに自分の魅力を喩えてくれたカイルの言葉は、いまもソフィアを勇気づけている。

「わたしは今日はカイルお兄さまの花嫁としてお披露目されるのだもの」

真っ白なウェディングドレスに、真新しいベール。

長い裾を後ろで侍女が持ってくれないと、あちこちにひっかけてしまいそうなドレスにはたくさんの精細なレースが使われていて、とても高価に違いなかった。

もちろん、幼いころの結婚式での誓いを果たして、カイルが用意してくれたものだ。

今日ソフィアは、カイルが用意してくれたウェディングドレスを身に纏い、白い結婚を終えて、正式なカイルの花嫁となる――。

ソフィアの誕生日に起きたいろんなこと――爵位の継承や叔父とのいざこざ、それにカイルが青の聖爵に留まることが決まったあと、ソフィアは一度、聖エルモ女学院に戻った。卒業式に出るためと、友だちに今回助けてくれたお礼と顛末の報告をするためだ。

「やっと、カイルお兄さまと本当に結ばれたわ！」

なんてはしゃいで報告すると、なぜか女友だちからひんしゅくの雨嵐が返ってきた。おめでとうと言う顔は引き攣っているし、ソフィアの白金色の髪はぐしゃぐしゃにされた。

わけがわからずとまどうソフィアに、ルームメイトのハルカが言う。

「しあわせいっぱいの顔がこんなにむかつくとは思わなかった……」

ですって。やっぱり納得がいかない。

けれどもそんな女友だちの手荒い祝福を受けて学院を卒業したソフィアは、今度は正式にカイルの若奥さまとして聖殿にやってきた。

修士のハンスなど身近な知り合いには、もうとっくにフェリシアがソフィアだと明かしていたけれど、今日は信者の前で正式に白い結婚を終える報告をして、お披露目の式をすることになっている。

ソフィアとしてはそんな目立つことはしたくなかったのだが、カイルが譲らなかったのだ。

「だって、この前はソフィアにウェディングドレスを着せてあげられなかったからね……先代のフェリス伯爵——君の亡くなった父親に綺麗な花嫁姿を見せたいんだ」

そんなふうに言われると、ソフィアとしても承知するしかなかった。


シャン、と鈴とリボンがついた聖杓が鳴り、ソフィアは短い夢想から我に返る。

「晴れやかな日、このよき日に、聖なるレアンディオニスの祝福を……」

響きのよい声が、余韻を残して大聖堂に響き渡ったところで、聖典の詠唱を終わり。

ソフィアは修士のハンスに手招きされて、柱の陰を伝い歩きながら祭壇のほうへと進んだ。

その先には青の聖爵カイルが待っている。

「ソフィア、手を」

「はい……猊下《げいか》」

カイルが、ウェディングドレス姿のソフィアに手を伸ばして、手袋をした手を重ねた。

黒髪長身の姿が動くと、青の聖爵の肩掛けが揺れる。金糸青糸で聖獣レアンディオニスが刺繍された肩掛けに、金糸の豪奢な刺繍が施された漆黒の長衣がよく似合う美丈夫姿だ。

その黒髪と静かな光を湛えた青い瞳はどこか夜を思わせる。

彼の柔らかな微笑みを見ると、ソフィアは引きこまれるように翠玉の瞳を奪われてしまうのだった。

ステンドグラスから七色の光が射しこむ大聖堂で青の聖爵と向き合うと、祭壇の前で赤の聖爵アレクが鈴とリボンがついた聖杓を鳴らす。

青の聖爵たるカイルとの結婚式を執りしきるのに、さすがに位階の低い司祭たちでは格好がつかないとのことで、カイルと親しい赤の聖爵が無理やり引っぱり出されたらしい。

「天は青く高く、地に花が咲き、世界は聖なる祝福に満ちる。聖獣レアンディオニスが翼を広げて降り立ったこの地で、また一組の愛し子らが婚姻の誓いをご奏上申しあげます」

アレクが結婚の祝詞を詠唱する。それに続いて、ソフィアとカイルが誓いの言葉を告げる。

「私、カイル・イェンス・ローグナーはソフィア・ヨーレン・フェリスを妻とし――」

響きのいい低い声がいつか聞いた誓いの言葉を口にする。

違うのは、大聖堂はフェリス伯爵領の聖殿とは比べものにならないくらい大きくて、列席者も無数にいることだ。

この日のために招待したソフィアの友だちや、弁護士のミスター・サッシャはもちろんのこと、礼拝に続いての式とあって、セント・カルネアデス市民が大聖堂に入りきらないくらい詰めかけていた。

「たとえ空が落ち、地が割れ、海が涸れようとも、この誓い破らるることなし――互いに息絶えるその日まで」

大聖堂の高天井に、誓いの言葉がこだまする。その響きが消えるころ、ソフィアも同じ誓いを繰り返す。

「私、カイル・イェンス・ローグナーはソフィア・ヨーレン・フェリスを夫とし、ともに歩き、ともに支え合うことをここに誓います。たとえ空が落ち、地が割れ、海が涸れようとも、この誓い破らるることなし——互いに息絶えるその日まで」

ソフィアの言葉が終わると、カイルの手袋をした手が白いベールをあげる。

青い瞳と視線が絡むこの瞬間が、照れくさくてもどかしい。

早く触れてほしいのに、もっとこのまま見つめ合っていたい気持ちにもさせられてしまう。

「——では、誓いのキスを」

式を執り行う赤の聖爵が告げ、カラーンカラーンと高らかに鐘の音が響く。

「……ン、ぅ……」

その晴れやかな音色のなかで、カイルの口付けが降ってきた。

今度は額にではなくて、ちゃんとしたキスだ。むしろ、塞がれた唇を貪られそうな勢いに、気圧されてしまうくらいの、熱いキス。

唇に引いた真っ赤な口紅がとれてしまうのではないかと心配になりはじめたころ、こほんという咳払いがして、よくやく解放された。よかった。

緊張していたせいで、うまく鼻から息が吸えなくて、少しだけ苦しかったのだ。

「ウェディングドレスを着たソフィアが見られてよかった……わが新妻はとても綺麗だ……いますぐ襲ってしまいたいくらい……」

そんな言葉を耳元でささやかれると、ソフィアはすぐ顔に出て、真っ赤になってしまう。

「カイルお兄……だ、旦那さまってば、もう、こんな人前でなんてことを言うの！」

動揺して胸を叩くソフィアを笑い飛ばして、カイルはすばやく花嫁を腕に抱きあげた。

「うちの新妻がかわいすぎるのが悪い。これはもう聖務が手につきそうもないな……しばらく朝の礼拝はなしにしてもらおうか」

ちゅっ、ちゅっ、と腕のなかで真っ赤になるソフィアに、バードキスの雨を降らせる。

繰り返すけれど、大聖堂の衆目の前だ。

「そんなの、ダメに決まってますってば……ンぁんっ、ちょっと、旦那さまってばいい加減にしてください！」

ところ構わずソフィアをむさぼろうとする唇から、どうやって逃れたらいいのだろう。正式に妻として住んでいないときでさえ、カイルの精力絶倫ぶりを見せつけられて、とまどっていたというのに。

これから先が思いやられる。セント・カルネアデスの聖殿とフェリス伯爵領とを行き来しながら生活するにしても、足腰が立たなくなるまで貪られていたら、移動もままならない。

そんな心配におびえるソフィアに、カイルは色気を帯びた声で誘うようにささやいた。

「こんなにかわいい新妻がいて、襲わずにいられるわけがない……ほら、ソフィアがそうやって真っ赤な顔で睨むのが悪い。あんまりにもかわいらしすぎて理性が吹き飛んでしまう」

「わ、わたしと離婚しようとしていたくせに！」

それは紛れもない事実だ。いくら子どもだと思われていたとはいえ、ソフィアはひどく傷ついたのだから。

「だからそのお詫びに、かわいい妻にたくさんキスをして、愛していると言うよ。それに、たくさん子作りをして、フェリス伯爵家を継ぐ子どもを産んでもらわないとね」

ぎゅうぎゅうとソフィアを抱きしめるカイルの溺愛っぷりに、ひゅうひゅうと冷やかすような声があがる。いたたまれない。赤の聖爵アレクの呆れかえった顔も見ていられない。

「旦那さま、その、すこしはおてやわらかに願います……」

真っ赤になったソフィアが小さくささやくと、またちゅっというキスの雨が降ってきた。

それが「わかったよ」なのか、それとも「手加減はしないよ」という意味なのか――。


――その真偽のほどは、神のみぞ知る。

あとがき

乙女系小説としては十四作目、蜜猫文庫さんでは二作目！　もう一度出させていただけました、藍杜雫《あいもりしずく》と申します。よかったよかった。

青年×幼女の関係が、ヒロインが大人になって恋愛に変わる――というお話が好きです。静謐で禁欲的なヒーローが嫉妬でケダモノ化ってよくないですか!?　そんなヒーローが新妻をひたすら喘がせる話のつもり（一応、間違ってはいないはず（笑））

最近、お風呂であわあわHが好きなので、毎回書きたい。いちゃいちゃ。なるべく職種と関わりがあるところでのHも入れたいので、告解室Hとか入れてみました。と言っても、二人は（一応）夫婦だし、辛いことはないお話を目指しました。

ウエハラ蜂先生の描かれたカイルが大人でとても素敵です。ソフィアもかわいい！

体調不良があり、担当さまにはご迷惑をおかけしました。また、この本に関わってくださった全ての方に厚く御礼申し上げます。本を置いてくださる本屋さんなどなども。

そして、お手にとってくださった読者さま、ありがとうございました！　楽しんでいただけることを祈りつつ……。

藍杜雫

蜜猫 Mitsuneko Label

蜜猫文庫をお買い上げいただきありがとうございます。
この作品を読んでのご意見・ご感想をお聞かせください。
あて先は下記の通りです。

〒102-0072　東京都千代田区飯田橋 2-7-3
(株)竹書房　蜜猫文庫編集部
藍杜雫先生 / ウエハラ蜂先生

聖爵猊下の新妻は離婚しません！

2016年8月29日　初版第1刷発行
著　者　藍杜雫　©AIMORI Shizuku 2016
発行者　後藤明信
発行所　株式会社竹書房
〒102-0072 東京都千代田区飯田橋 2-7-3
電話　03(3264)1576(代表)
03(3234)6245(編集部)
デザイン　antenna
印刷所　中央精版印刷株式会社

Printed in JAPAN
ISBN978-4-8019-0828-4　C0193
この作品はフィクションです。実在の人物・団体・事件などには関係ありません。

みかづき紅月
Illustration ことね壱花
奪愛トライアングル
悦楽と執着の蜜夜
奪い合い、愛し合う…淫らで
熱い三人の関係の行方は─？
次期女王の資格を得たジュスティーヌは女王からあるしきたりを告げられ驚愕する。女王の配偶者は奪い合いで決まるというのだ。最終候補は彼女の幼馴染みでもあるセドリックとグレン。二人の手で処女であることを確かめられ屈辱の中で感じてしまうジュスティーヌ。「嘘よ…こんな、ありえない」毎日行われる決闘の勝者に繰り返し激しく抱かれ変わっていく身体。親世代からの因縁の果て狂気のような悦楽に浸る三人の愛の行方は!?